支教日记

穆洋 著

大象出版社

图书在版编目（CIP）数据

支教日记/穆洋著. — 郑州：大象出版社，2013.11

ISBN 978-7-5347-7869-8

Ⅰ.①支… Ⅱ.①穆… Ⅲ.①日记—作品集－中国－当代 Ⅳ.①I267.5

中国版本图书馆 CIP 数据核字（2013）第252931号

支教日记

穆洋 著

责任编辑	颜 颜
文字编辑	颜 颜
美术编辑	杜晓燕
责任校对	霍红琴
装帧设计	新海岸设计中心
出 版	大象出版社（郑州市开元路16号 邮政编码450044）
网 址	www.daxiang.cn
发行科	0371-63863513
发 行	河南省新华书店
印 制	郑州新海岸电脑彩色制印有限公司
版 次	2013年11月第1版 2013年11月第1次印刷
开 本	787mm×1092mm 1/16
印 张	15.5
定 价	128.00元

若发现印、装质量问题，影响阅读，请与承印厂联系调换。

本书为北京航空航天大学第十四届研究生支教团于
宁夏回族自治区固原市泾源县支教影像记录

顾　问

程基伟　雷晓锋

策　划

（按姓氏笔画排列）

支媛媛　张德辉　杨　帅
谷云超　顾广耀　高　峰
程　波　潘　娜　魏霄鹏

献给孩子们——你们的笑容是我最美好的回忆

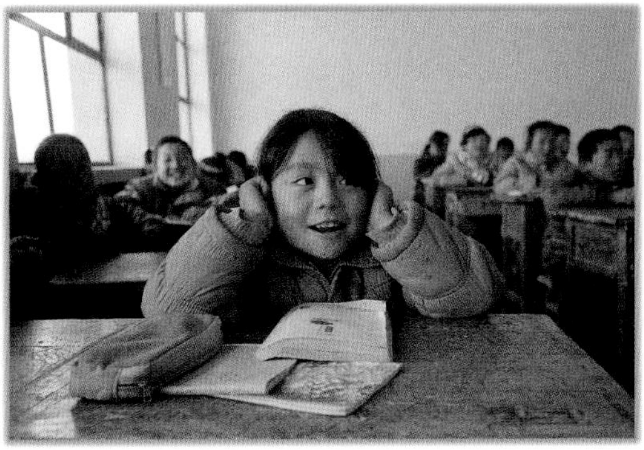

序

去支教，感受生活，尤其怀着自己的初心——深刻感受"中国速度"给在西部农村那片土地上生活的人们所带来的重大影响，对参与其间的每一位有志者，都将成为一次宝贵的人生之旅。

2012年8月27日至2013年6月25日，北京航空航天大学第十四届研究生支教团的10名大学生到宁夏回族自治区泾源县新民九年制学校支教。穆洋同学用镜头和文字记录了他们过去一年的生活，并精心挑选出两百余幅照片汇编成《支教日记》一书。我翻开这本散发着黄土气和野草香的《支教日记》，一口气读到最后一页，不仅被其朴实无华的文字所吸引，更被图片中所传递的感情所打动。

诚如很多读者所想，支教的地区容易被打上贫困的标签。而这本《支教日记》会告诉你：贫困，的确存在，但已远非那种在生存线上挣扎的贫困。

《支教日记》用纪实的图片，在描述着支教生活和西部农村变化的同时，也关注着孩子们的教育问题。影像的力量来自摄影的目的，这是"为了谁"的大问题，决定着影像价值的最终方向。解海龙的《我要上学》激励了一代人，在希望工程中传为佳话。穆洋沿着前辈的足迹，继续向前，以泾源县新民乡为例，反映的是当代农村变化发展中面临的社会问题，尤其是种种生活现象折射出的教育方面的问题。泾源县新民乡的农村同大多数中国农村一样，这里的发展让传统意义上的贫穷消失——电力带来光明，电话联系情感，公路延伸四方，信息同步时代，网络缩小了世界。在追求生活改变、重视经济效益的目标驱动下，父母常常把年幼的孩子托付给老人。这种家庭温暖与教育的缺失，让许多孩子早早从课堂中逃离，成为社会中漂泊、催熟的一员。如果说给当下贫穷做一个注解，我想说，缺吃少穿的窘迫已经在西部农村远去，在城镇化浪潮中，在市场经济条件下，情感撂荒、教育缺位和知识贬值已经形成严重的问题。我们透过作者摄取的画面和意绪深沉的文字，似乎可以感受到来自作者心灵深处的喟然长叹。

作者不是支教生活中悲观的看客和闲散的路人，当他全副身心融入其间的时候，目之所及，感受到这片黄土地上有一种不屈的生长，有一种足以改变万物的精神富强。犟脾气的表情、哄抢礼物的热闹、热烈隆重的圣纪节、夕阳下斜躺在山坡上唠嗑、提心吊胆坐在年龄只有 14 岁的司机开的三轮车上、15 岁孩子辍学去打工被热油烫伤的胳膊、一起在山坡上采摘野草莓的快乐、编箩筐老汉和烧锅炉大爷的手……历历在目，难以忘怀。影像的力量还来自摄影叙事的语态，这是比作品影调更加内在的东西，它存在于镜头位置高低和倾斜角度之中。穆洋以一个年轻人的心态和目光凝视着孩子们，情景交融，灵魂到场。这种语态，决定了他的影像没有扭曲，没有鄙薄，而有强烈的现场感和亲和力。

品读《支教日记》，可以清晰地感受到一颗青春心灵的搏动，那是支教大学生特有的浪漫气质和优雅情怀：四海为家，随遇而安；恬淡寡欲，俗尘不染。一方面，在一个慢节奏的生活状态下，每天看着夕阳落山，感受田野的风光无限，放肆享受乡野间撒丫子的疯狂，慢慢习惯了满身土腥气，炕上爬蜘蛛；也习惯了早晨放牛，下午劈柴，晚上看星空；当然更习惯了这里民风淳朴，开门见青山，抬头望碧空，脚下淌溪流。另一方面，手拿课本，站立讲台，激动之余更感到传道授业的责任；当物欲不再横流，幸福会变得如此清晰和简单：一瓶汽水、一碗素面，都会让人泪流满面。古人说："涉世浅，点染亦浅；历世深，机械亦深。故君子与其练达，不若朴鲁；与其曲谨，不若疏狂。"

掩卷深思，我由衷地为穆洋和他支教团的小伙伴们感到骄傲，一年三百六十日，雨雪风霜，真的是弹指一挥间，很多人会碌碌无为，让时光从指缝中流走。但在穆洋同学这里，它却成就了一个有责任、有担当的大学生的人生阅历。这样一批青年人选择到祖国的西部接地气，到群众中去践履所学，追逐梦想，将这段宝贵的经历沉积为一本青春纪念册。人生无处不功课，有心向善，则小河大地俱是清修道场。有了这种人生自觉，道路必定越走越宽广。

但我知道，对穆洋和他的同学们来说，路正长，生活才刚刚起步。

北京航空航天大学校长　中国科学院院士

第一篇日记

2011 年 9 月 25 日

今天是大学时光中值得铭记的一天，我取得了支教团员的身份。

给父亲打电话，他并不意外，支教的想法我早已告诉过他，最开始他并不太接受，因为很少听闻身边的孩子毕业后去支教。不过他还是选择支持我，并不断说服不太乐意儿子到"艰苦环境"中锻炼的老妈。在电话中，他只是反问我是否真的做好了准备。

第一次了解支教是在大二时，校团委社会工作部的部长让我去做一份《西部计划》的宣传海报。在日后的工作中，我接触到了北航第十二、十三届研究生支教团，并在大三时确定了去支教的想法。

我总觉得人活着要有个奔头，不必横跨整个人生，却也得能为之奋斗几年。北航的校训是"知行合一"——只有聆听自己内心的声音，才可以发挥出最大的潜力，所以，我所确立的目标必须是自己想要的生活。去支教，并不是一时兴起，这是我大学后半段的目标。为此，我放弃了一些娱乐时间，更专注于志愿服务工作，希望在工作中锻炼自己，也希望能为那里的孩子做些什么。今天拿到支教的名额，高兴之余，觉得心里有些空，感觉一条路走到了头，没有指示牌在我眼前。

有梦想的人很多，但是能坚定追逐自己梦想的人不多。我觉得自己并不算是一个很有想法的人，但是一旦有了想法，就会去做一个坚定的执行者。离毕业还有不到一年的时间，我要完成自己的学业，想一想自己支教时和读研期间要做的事情，为了这些梦想，继续奋斗，一刻不停歇。

目 录

1 | 去支教
支教团十人，从陌生到相识，到熟稔，
共同的选择让我们走到了一起……

47 | 新民乡
在这里我看不到食不果腹、衣不蔽体，
也鲜见残破的房屋……

95 | 孩子们
他们或乖巧懂事，或调皮狡黠。
命运并没有赋予他们太多的资本……

123 | 校园内
校园中，我是学生口中的穆老师，
外号"相机哥"，他们的喜怒哀乐，都逃不出我的镜头……

171 | 校园外
他们的童年没有精致的玩具也没有新潮的电子产品……

219 | 梦回新民
回到家中，支教时的一幕幕场景总在梦中萦绕，
梦见过站在古树下看那静谧的村庄交替过四季……

去支教

支教团十人，从陌生到相识，到熟稔，共同的选择让我们走到了一起。报到后在"废墟"中清理出的宿舍，夜深时奋笔疾书的老师，"劝学"时那些"望风而逃"的学生，驻村期间难忘的经历……我用照片记录这一年的故事。
　　……

2012年7月26日

2012年7月27日

2012年8月28日

2012年8月29日

2012年8月30日

2012 年 8 月 31 日

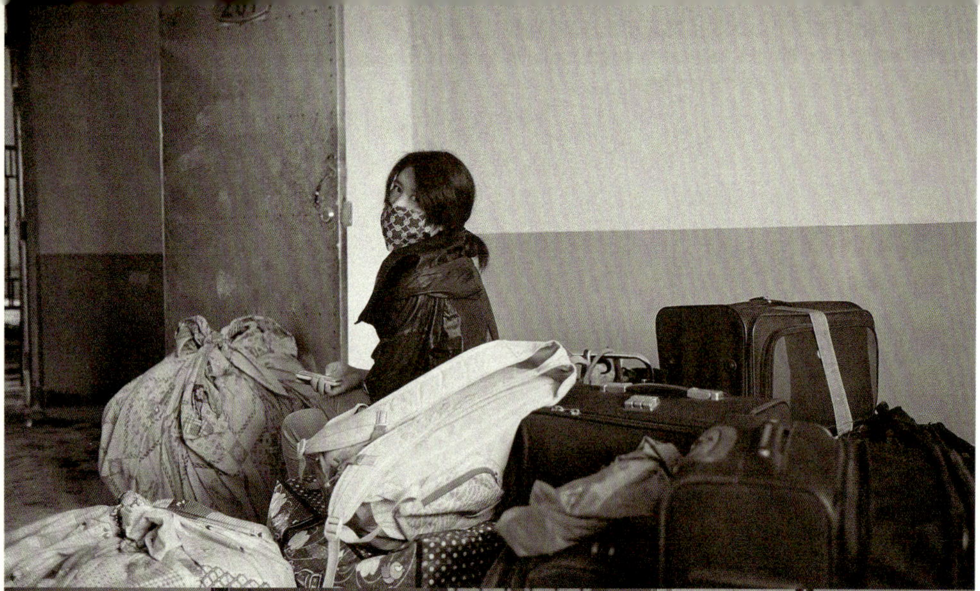
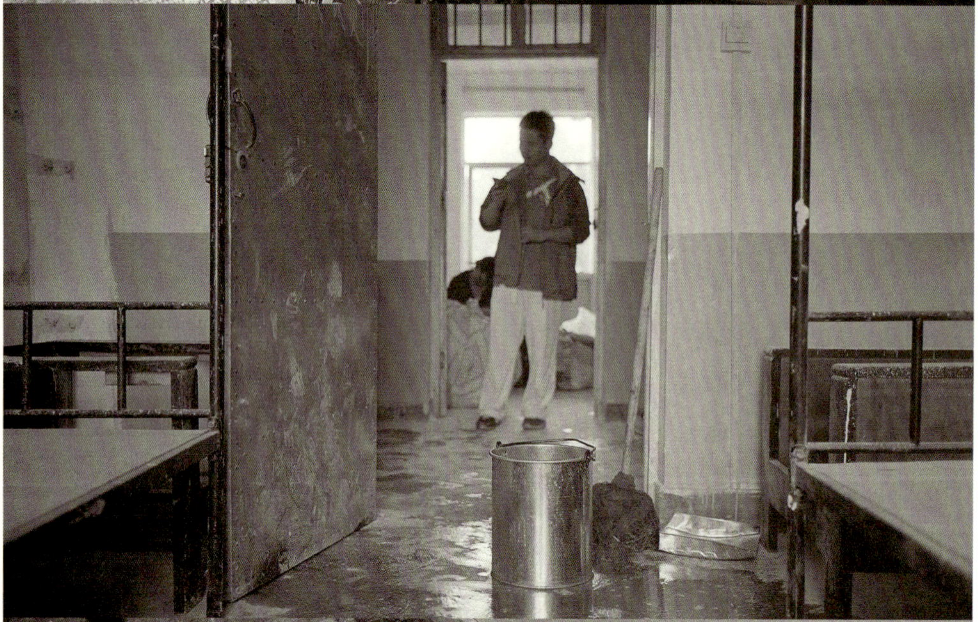
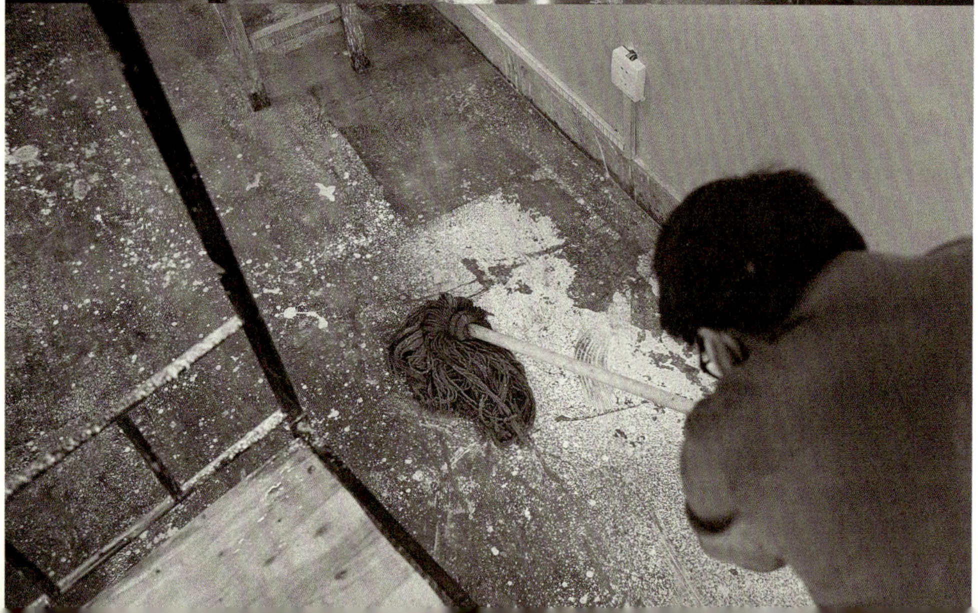

2012年8月31日

2012年9月1日

2013年5月8日

2012年9月2日

2012年9月14日

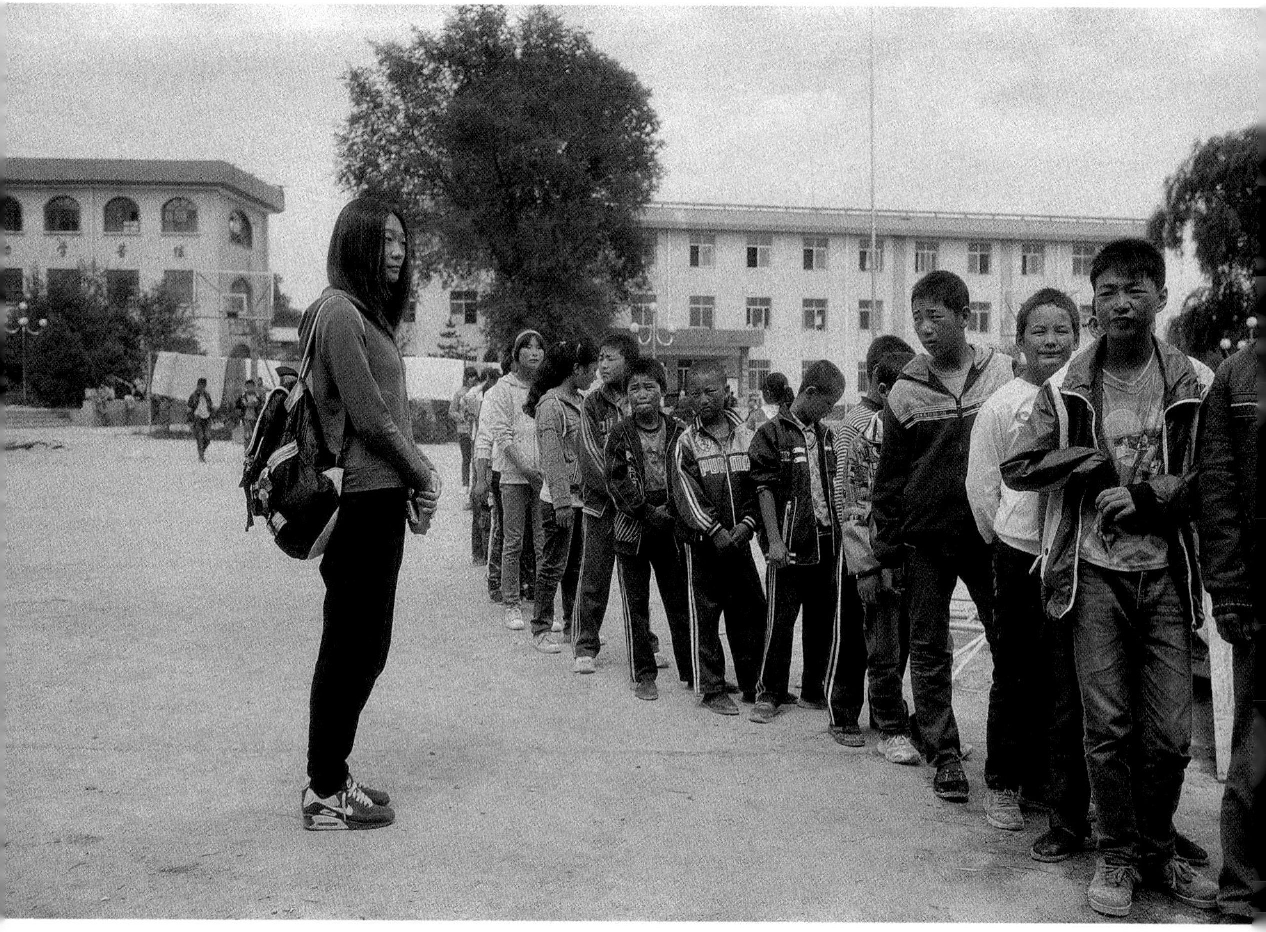

2012 年 9 月 3 日

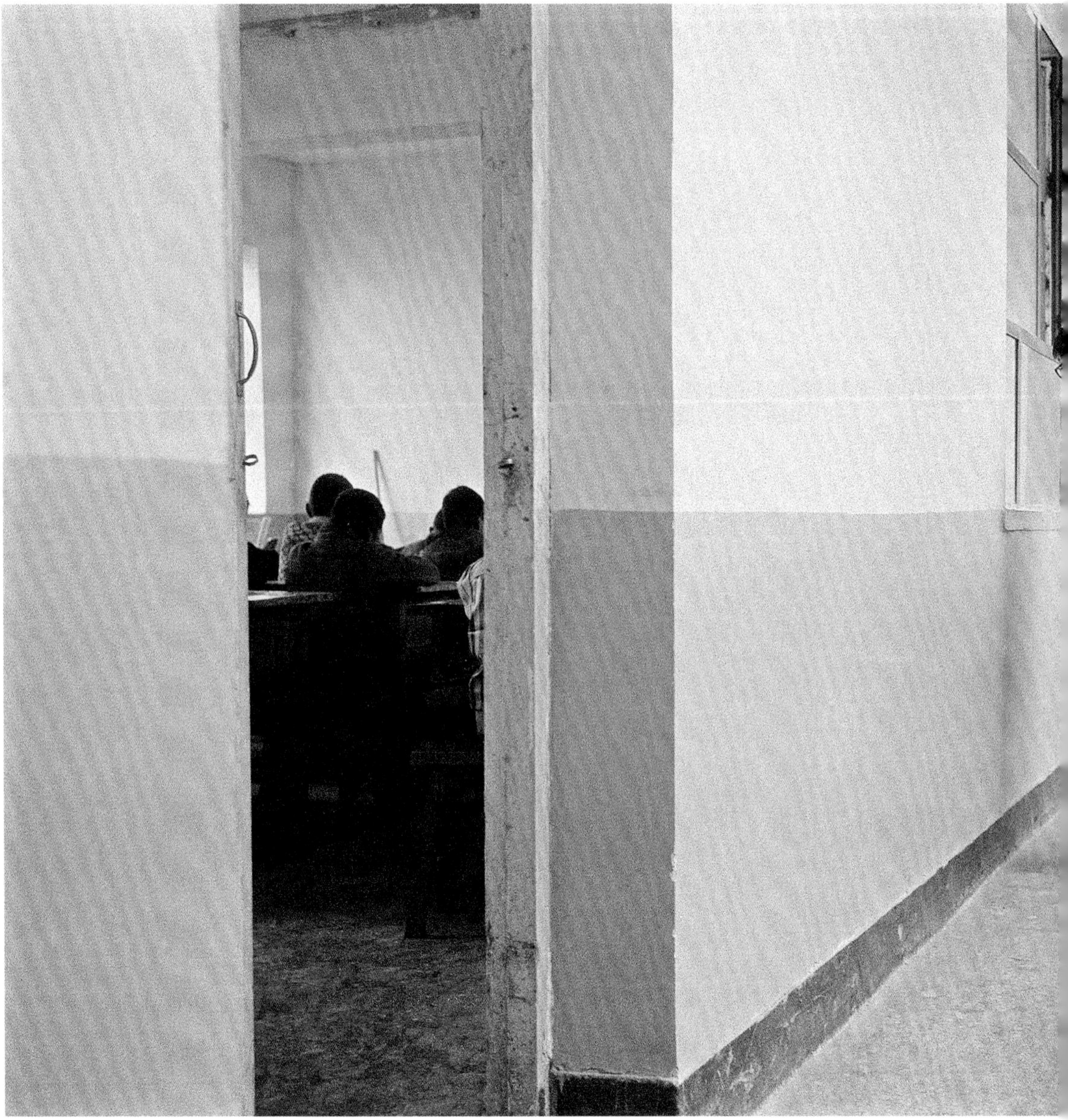

2012年9月5日

2012年9月7日

2012年9月9日

2012 年 9 月 10 日

2012年9月11日

2013年3月24日

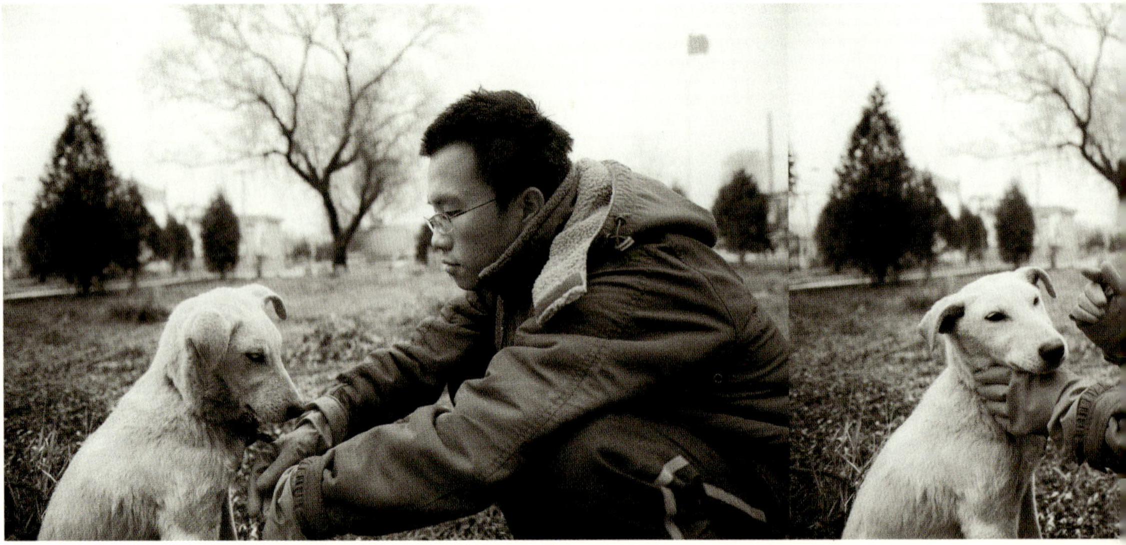

2012年11月19日

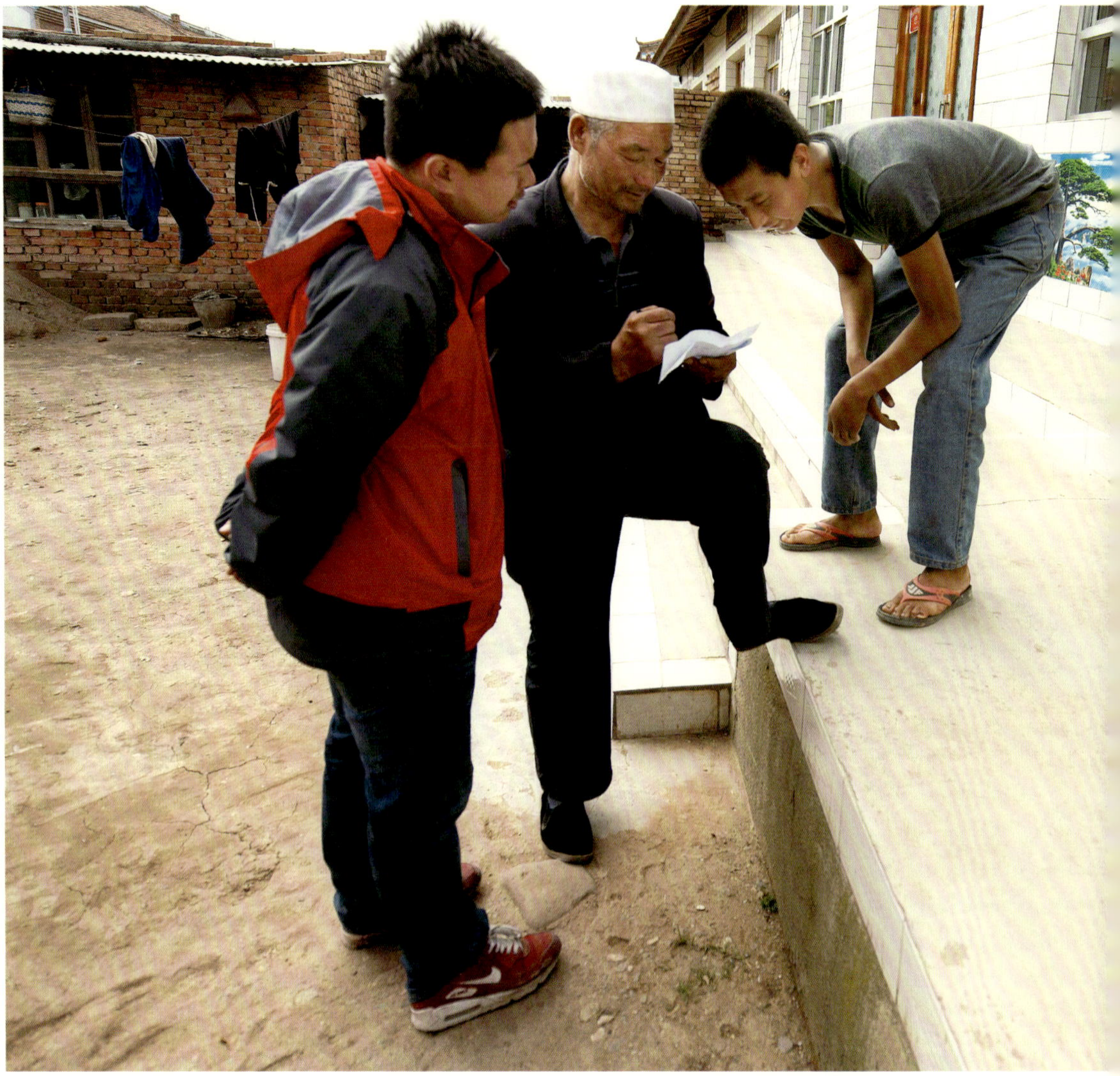

2012年9月6日

2012年11月2日

2012年11月18日

2012年12月3日

2013 年 3 月 10 日

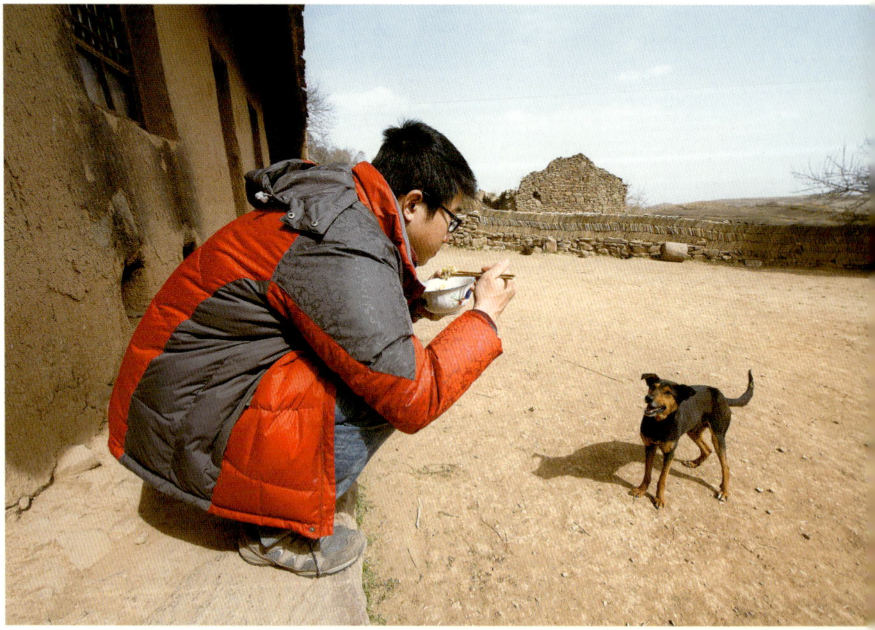

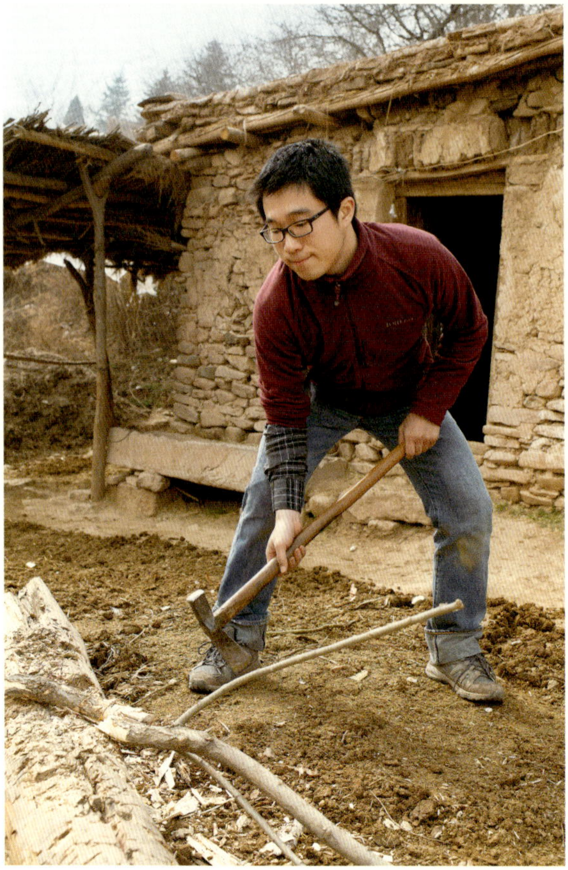

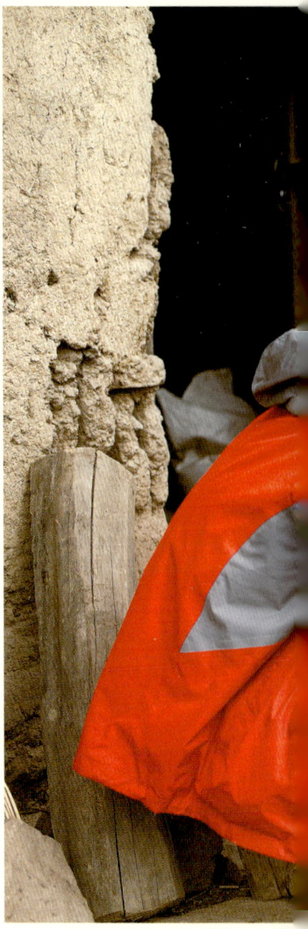

2013年3月13日至3月19日

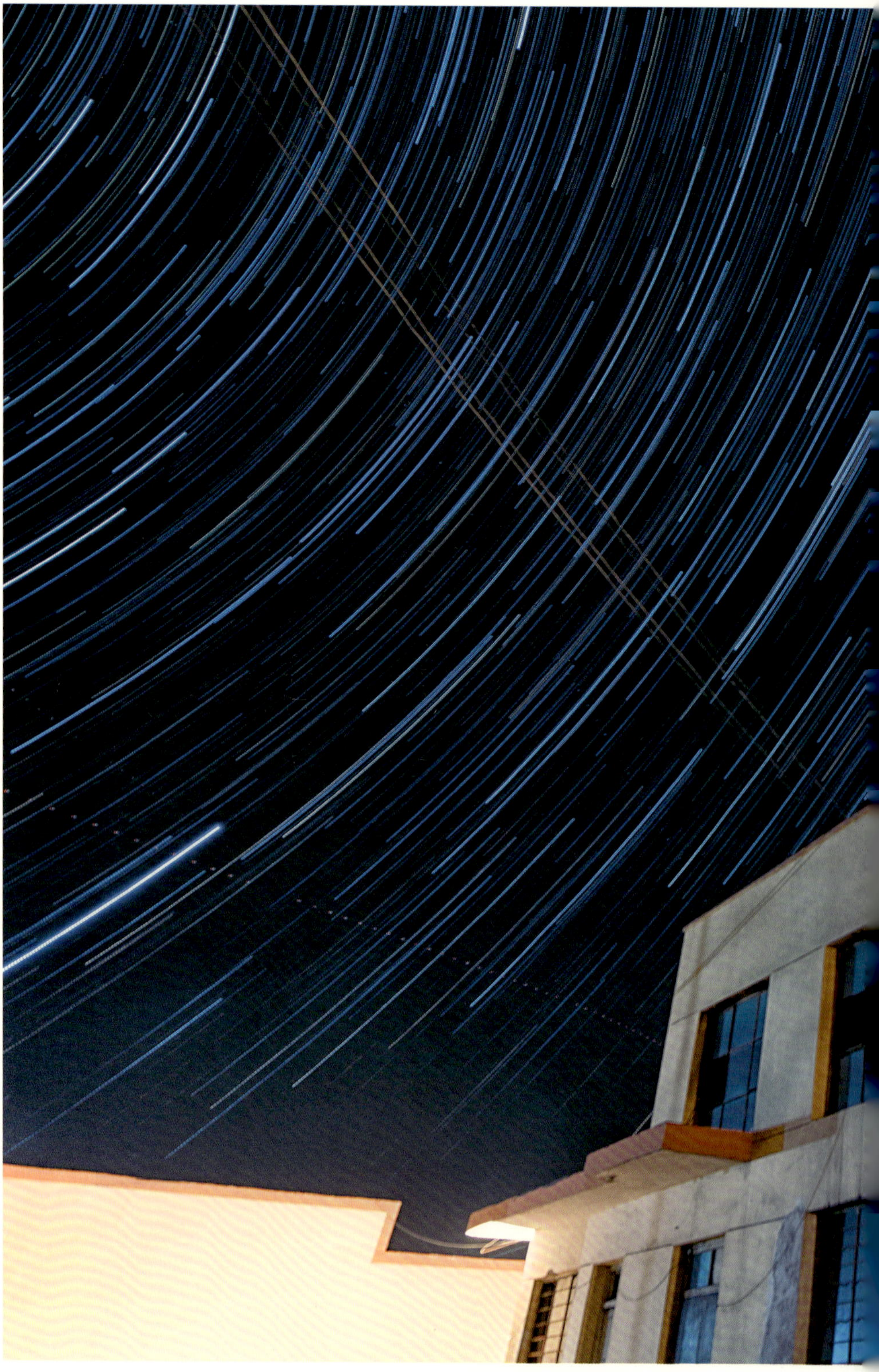

2013年4月11日

34

2013年5月12日

2013年5月31日

2013年6月1日

2013年6月23日

去支教·报到

2012年7月26日　　　距支教开始还有33天

支教团一行人踏上了去宁夏的征程，本应中午出发的火车晚点了七小时。我们在嘈杂闷热的候车大厅里等得汗流浃背，还要在硬座上睡一宿。都说万事开头难，但这个开头难得超乎预期，真心怀疑我还能不能撑下来。

2012年7月27日　　　距支教开始还有32天

第一次踏上了宁夏的土地，这次来是临时得到通知要参加西部计划志愿者的培训会，会后我们就要去服务地泾源县报到。大家都觉得临近开学前才会出发，没想到培训后就要去泾源县，我可是连支教的行李都没带！

2012年8月28日　　　支教第1天

由于支教的校园在进行施工，大家多了一个月的准备时间。这次出发时彼此间熟络多了，我没再感到忐忑，很淡定。

2012年8月29日　　　支教第2天

初到泾源县，我们被安排到一个招待所住下，不过是自费，呵呵。

2012年8月30日　　　支教第3天

来团县委报到，分配工作。其间县广电局领导驾到，要抽调两名团员做主播，解决住宿、发补助，作为测试让我们当场朗读文件。想到要和大部队分离，我们一个个都吐字不清，方言频出。到我时更逗，领导说："你戴眼镜不能上镜就免读了吧。"当时就笑场了。结果是齐志国和潘娜因气质不错被选入县广电局，我和何茹姣、高峰、谷云超、马征、杨帅到新民九年制学校教书，刘程和李小菲则被分配在县城的高级中学做老师。

刘程因水土不服，痛苦得蜷缩在沙发上，领导们也有些慌神，分配工作的事儿，也因此草草收场。

2012年8月31日　　　支教第4天

六人组下乡报到。一直以来，我觉得支教就是到环境恶劣、危楼土房的穷乡僻壤去教书，当我看到柏油路和宽敞的校舍、小摊上的玩具零食、学校对面的台球案，听到广播里《最炫民族风》，我觉得这一年并不难熬了。

但并非所有团员都抱着我的想法，最起码在午餐时大家的心情很不好。心情沉重多半是因为宿舍问题，校方解释因为防震加固，所有房间都是刚刚刷过的，我们来得比预期早就看到这番光景了。送我们下乡的马书记和齐志国看到这一幕都露出惨不忍睹的表情，我们六人愣了半天，开始干活。

2012年9月1日　　　支教第5天

一天的清理，终于把"毛坯房"改造成"精装修"了，但是刺鼻的油漆味咋都搞不定。我和谷云超、杨帅三人一屋，高峰和马征一屋，何茹姣与本校的女教师一屋，相比大学时的六人间，这里宽敞多了。

2013年5月8日　　　支教第178天

我才意识到，现在是新民的雨季了。一连四天下雨，干燥盒里的相机都要发霉了。睡觉时还得盖两床被子，远在北京的同学都开始穿夏装了。

去支教·团员

2012年9月2日　　　支教第6天

第一次鼓起勇气上旱厕。

2012年9月14日　　　支教第18天

周末到齐志国"家"中小憩，他和潘娜都住在单位提供的房子里，三室一厅，开窗见山，24小时热水，最主要是厕所条件好。

2012年9月3日　　　支教第7天

刘程和李小菲来新民玩，大家去先进村小学和花崖沟小学一探究竟。花崖沟小学只有一位既是校长又是老师的中年人，他媳妇负责为孩子做饭，全校三个年级共26人。当问到学校缺什么时，这位马校长说国家已经给足了课本教具，只是缺老师，尤其是音乐、美术老师。

2012年9月5日　　　支教第9天

来学校快一周了，今天正式开课。我问校长有没有岗前培训，他笑笑说你大学都读过了，小学生还对付不了，不过山里的娃调皮，得严肃点。我努力模仿着小学时班主任的样子，上岗了。我的课表上每周有16节课，主要是六年级的语文课，教务处禹老师告诉我每课时的教案要写够四页，每节语文课后检查教案。

2012年9月7日　　　支教第11天

买路由器，扯网线，配置网络等一系列折腾，宿舍有网了。手机流量有救了，生活终于不单调了，不过当晚我们比平时晚睡了一小时。

昨晚梦见父亲生病，我无助地站在一旁，早上醒来时发现眼泪浸湿了枕头。

2012年9月9日　　　支教第13天

谷云超不知道从哪儿找来了一张破桌子放到两床之间，我一点儿也不见外，从容霸占了一半。这几天学校食堂没有开伙，我们只好去街边的小馆子吃饭，据说这已是赶上好时候了，上届支教团来的时候还没有饭馆呢。新民的物价一点儿都不低，最便宜的炒面也要10元一份，不过番茄炒蛋分量还行。

2012年9月10日　　　支教第14天

我现在最头疼的事就是改作业和写教案了——孩子们的作业潦草难辨，教案是很教条的，每周的语文课教学计划要写上30页A4纸。不过今天拿到了教师节福利——两包铁观音茶叶，一时还挺不适应角色的转变。看到微博上讨论教师节是否该送礼的问题，我问在学校教书近六年的禹老师有没有家长给他送过东西，他笑着摇摇头。县电视台采访我们的视频传到网上了，有我的画面，在"校内"上分享了。

2012年9月11日　　　支教第15天

地图上看，只要不向北走，从新民乡的其他方向步行四小时内就可到甘肃，今天和谷云超向东走到了甘肃华亭。有他帮忙背器材，我再也不腰酸背疼腿抽筋咯。啥时候我开始跟他这么不客气了，这才认识了几天啊。

2013年3月24日　　　支教第133天

不知从什么时候起每次出门我都会叫上老谷。一是有他帮我背着器材我可以安心拍照；二是老谷很善于与人交流，我在旁边拍半个小时他就能和老乡聊半个小时不冷场，为我创造很多拍摄机会。在"劝学"时，面对留守儿童禹文军，老谷问他辍学是不是想和父母一起生活，孩子立刻点头同意，我却完全没想到。事后老谷告诉我，他小时候有这样的体会才能从留守儿童的角度去思考问题。

2012年11月19日　　　支教第84天

马征爱狗，绰号"狗爸爸"。今日一家中丢狗的村民来学校想牵走"小白"，却因狗狗反抗未遂，经多方打探了解到马老师，请其出山将"小白"成功牵走。事后老马告诉我虽不情愿看到"小白"离去，但相信这个归宿好过其在校园里任人欺负。

2.* 山雨

语教组
2012.9.10查

教学目标：

1. 能读记"神奇、优雅、手举议、清新、欢悦、清脆、凝聚"等生词。
2. 能有感情地朗读课文，背诵自己喜欢的部分；
3. 感受山雨的韵味，体会作者对山雨的喜爱，领略大自然的秀美。
4. 学习作者通过联想和想象来表达独特感受的方法。

教学重点、难点：

1. 理解课文内容，想象课文中描述的情景；
2. 从阅读中感受大自然的秀美。

课时：1课时

教学过程：

导入：以两个句子："像有一千个侠客在天上吼叫，又像有一千个醉酒的诗人在云头吟咏。"

这是第一课山中访友的句子，也是对雷阵雨的精彩刻画，让人印象深刻，那么山中的小雨是怎样的呢？这节课我们来欣赏另一场奇妙的雨。

初读感知： 跟随作者一同感受这场山雨，用喜欢的阅读方式把课文读正确，读流利。思考作者是按怎样的顺序把这场山雨介绍给我们的。

自主学习： 在课前要求学生阅读本文，体会作者感情，在课上交流。

① 沙啦啦，沙啦啦
读出你听到时的感受。

② 像一曲无字的歌谣，神奇地从四面八方悄然而起，逐渐地清晰起来，响亮起来，由远而近 由远而近。
这句话描写了声音，作者运用比喻的手法，描写了雨来时声音由远及近、由轻及重的过程，与文章开头对应，写出了山雨来时的特点——来势突然，悄悄地来。作者将雨声比作"无字的歌谣"，写出了雨来时一种逐渐清晰、飘飘渺渺的音韵美，表达了作者对山雨的独特情感，给人以遐想。

③ 雨声里，山中的每一块岩石、每一片树叶、每一丛绿草都变成了奇妙无比的琴键。飘飘洒洒的雨丝是无数轻捷柔软的手指……每一个音符都带着幻想的色彩。
这几句是描写雨至山林时的音响特点，作者发挥奇特想象，将"岩石、树叶、绿草"联想为琴键，将"雨丝"联想为"轻柔的手指"，雨声奏成了"一曲又一首优雅的小曲"。阅读展现了一幅"雨在山中"、"山在雨中"、"山雨同奏"的动态美景。比喻手法→语言生动活泼富有色彩。

六年级座次表

去支教·经历

2012年9月6日　　　支教第10天

今天同于老师、谷云超一同去学生家"劝学"，我觉得这是个拍摄的好题材。每逢开学，初中班都会有近半的孩子不来上课，有的是想多玩两天，有的是辍学打工，有的女孩则是嫁人了。我们的目的就是把那些能带回来的孩子都带回来。由于不会当地方言，我和谷云超在行动中完全属于看客，一队人一下午只劝回来了两个孩子。

2012年11月2日　　　支教第67天

今天旁听马老师的信息课时，他拿出自己的iPad介绍给学生。新民乡的大部分孩子使用过电脑，但从未见过iPad。好奇之下，只是盯着屏幕看，全然不理会老马口中的"WiFi"和"蓝牙"云云。支教老师的身份下，相较单纯地授课答疑，我们还担着给孩子们传递外界的最新资讯的重任。

2012年11月18日　　　支教第83天

我们随禹凤香老师一家去感受杨堡村的圣纪节。

2012年12月3日　　　支教第98天

去石沟阳洼家访，马彩艳的爷爷抓到一只野鸡，所以午饭是蒸鸡——做法很像披萨，在面饼上倒上土豆泥和鸡块蒸熟。不得不说山里的娃真扛冻，我们都要祭出军大衣了，他们还是初冬时节的穿衣厚度。

2013年3月10日　　　支教第119天

新学期第一次去石沟阳洼，将寒假中放大的照片送给村民们。瞧他们把我送的照片看了又看，最后小心翼翼地装进塑料袋保存好，很开心。

2013年3月13日至3月19日　　　支教第122天至128天

去石沟阳洼驻村一周，拍摄《消失的村庄》专题。城里的孩子永远体会不到山野生活的乐趣——习惯了一天两顿白水煮面条，满身土腥气，头上跑老鼠，炕上爬蜘蛛；也习惯了早晨放牛，下午劈柴，晚上看星空；当然更习惯了这里民风淳朴，开门见青山，抬头望碧空，脚下淌溪流，融入了……

2013年4月11日　　　支教第151天

我曾和老谷打趣说十一点后还出现在校园中的身影，肯定是支教团员。九点半下自习后校园很快归于平静，不出半个小时就没有了灯光。大学时习惯了晚睡，我们总难以适应这种生活节奏。今天起，我和老谷十一点后在校园中跑步锻炼，没人打扰，跑得很欢实。

2013年5月12日　　　支教第182天

今天强子带我们探访蝙蝠洞。《蝙蝠侠》中的蝙蝠洞看着很赞，事实上在满地粪便的洞中看到上千只蝙蝠密密麻麻地倒挂在岩壁上可一点儿不浪漫。孩子的判断太不靠谱，告诉我们一小时的路程，结果往返走了六小时，累得不行。

2013年5月31日　　　支教第201天

潘娜来学校拍摄六一节活动，我又有机会上镜咯。我和老谷都挺佩服她的，在电视台能独当一面，制作自己的栏目。

2013年6月1日   支教第202天

支教团被分配到不同的工作单位后我们就没有集体行动过。眼看离支教结束不到一个月了，我召集兄弟姐妹们去附近的天池玩一把。其实天池就是个小水潭，中午烈日当头，一队人还颇有怨言，没办法，硬着头皮喊大家再照一次合影。

2013年6月23日   支教第224天

最后一次和老谷去巡山，我俩都说这是支教期间最后一次走新民的山路了，我有点神经质地每走一段路就拍一堆照片。老谷一直说如果研究生的两年可以通过支教完成，他绝对不回去读研了，我表示赞同。

新民乡

在这里我看不到食不果腹、衣不蔽体，也鲜见残破的房屋。贫穷消失——电力带来光明，电话联络情感，公路延伸四方。村落在消失——城镇化大潮下，村庄合并，只存残垣断壁诉说着往日的熙攘。年轻的父母也消失在外出务工的人潮中，留下年幼的孩子和老人守护

家业。每一刻新民乡都在经历着变化,这是西部农村的"中国速度"。我甚至会想,若干年后,当新民乡变成了城市,还会不会有淳朴的邻里,碧水蓝天。
……

2012年9月23日

2012年10月9日

2012 年 10 月 24 日

2012年10月21日

2012 年 11 月 13 日

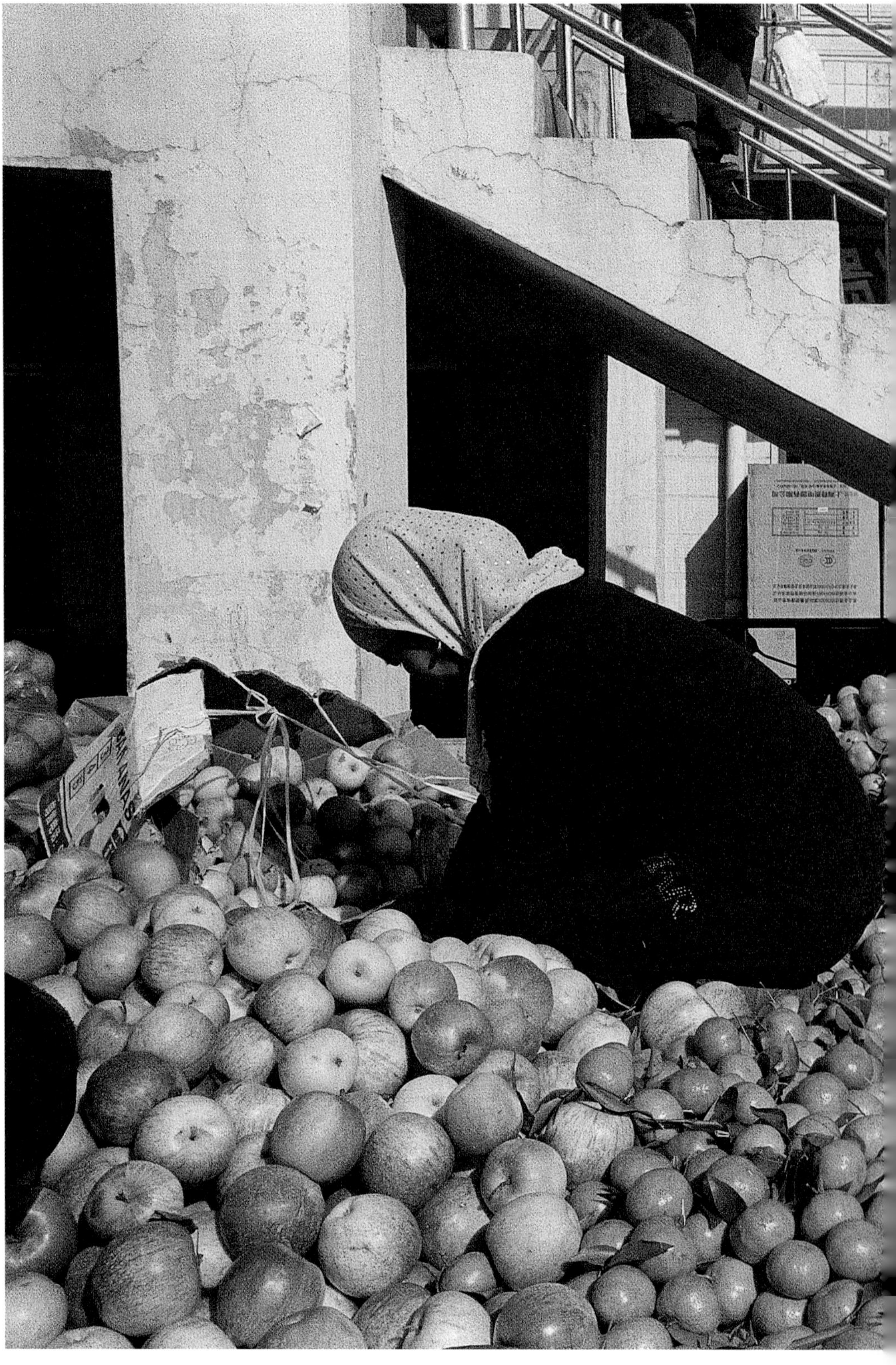

2012年12月6日

2012年9月16日

2012年12月3日

2013 年 4 月 10 日

2012年10月23日

2012年12月3日

2013年4月21日

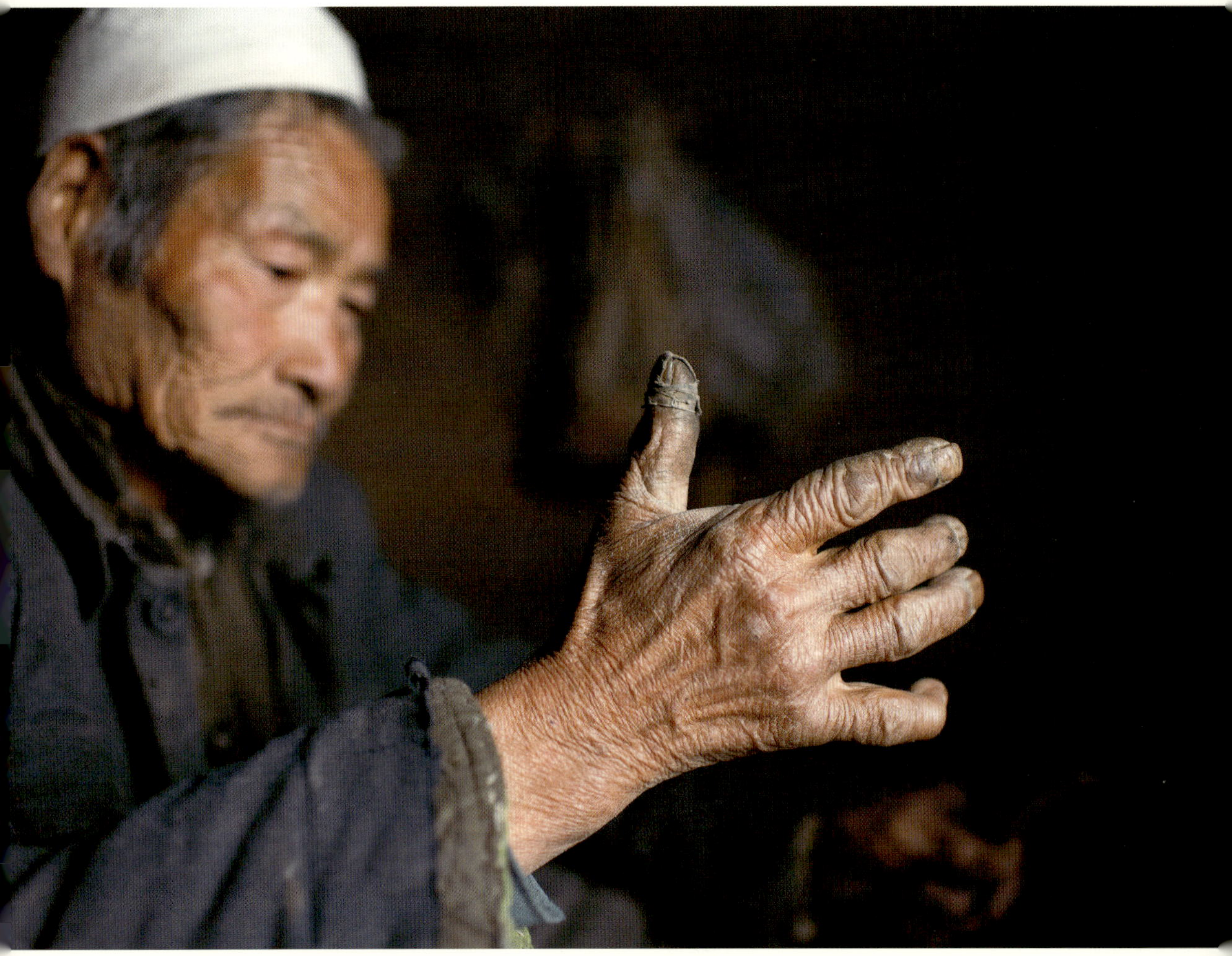

2013 年 3 月 13 日

2013年5月26日

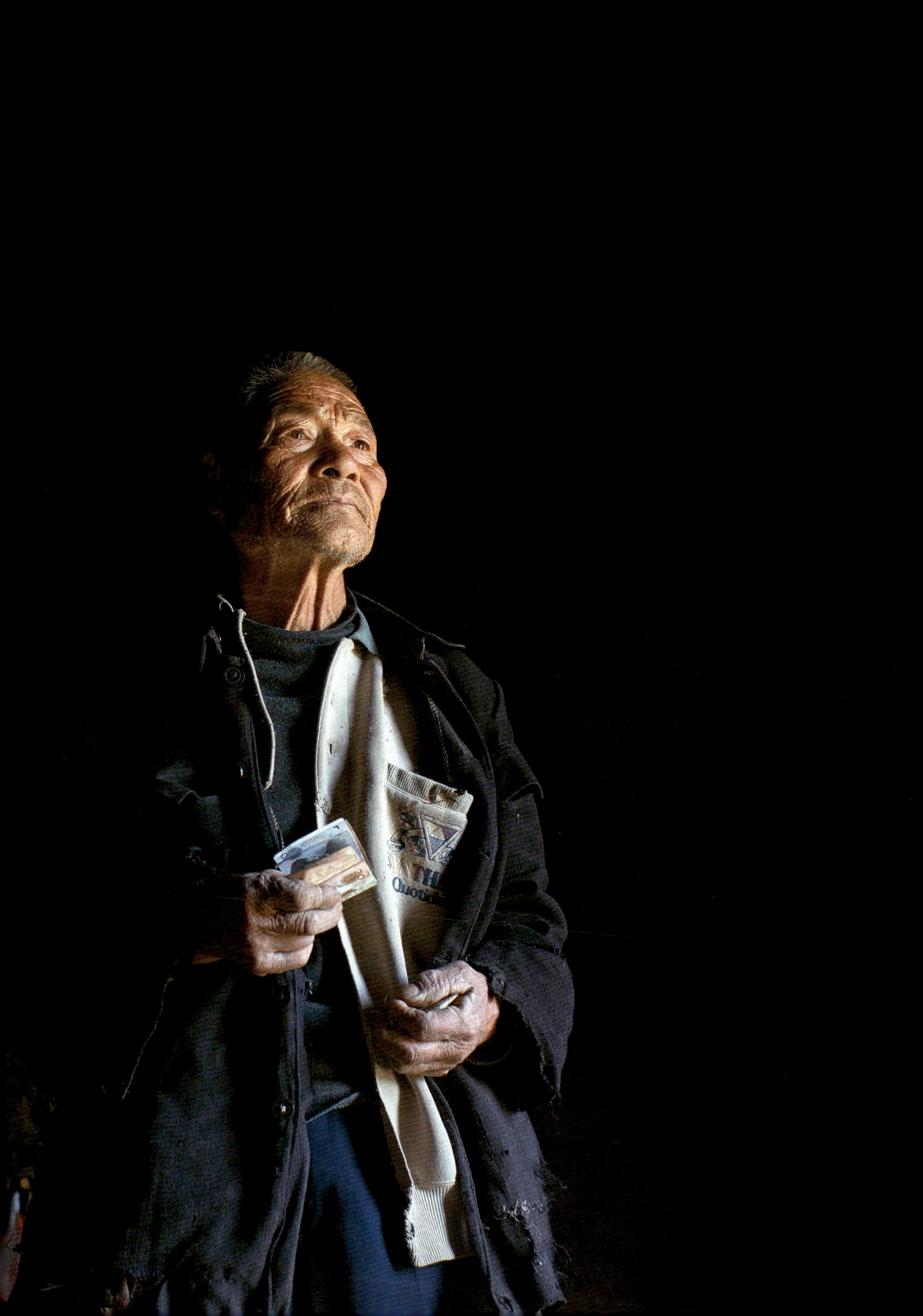

2012年11月4日

2013年5月18日

2013 年 5 月 10 日

2013年6月3日

2012年9月6日

2013年5月2日

2013年5月9日

2013年5月11日

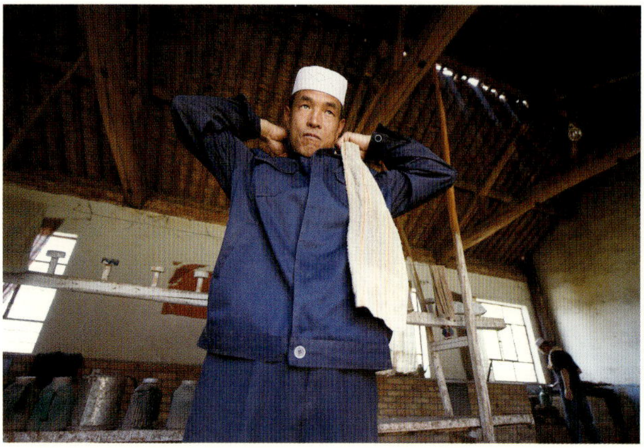

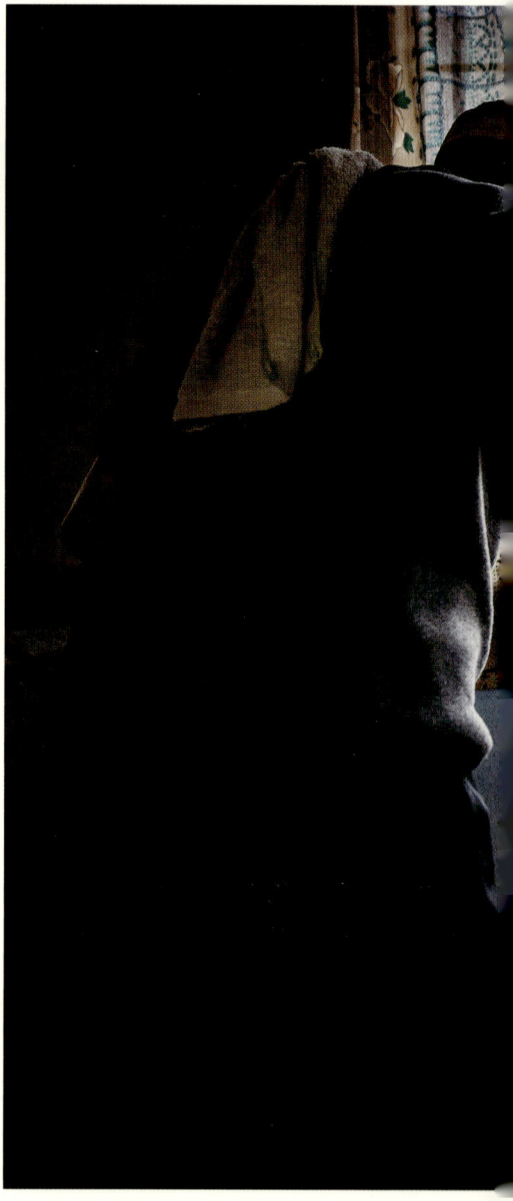

2013年5月17日

76

2012年11月18日

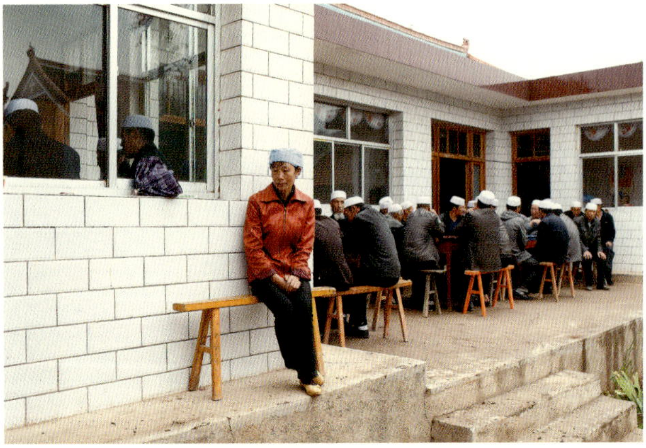

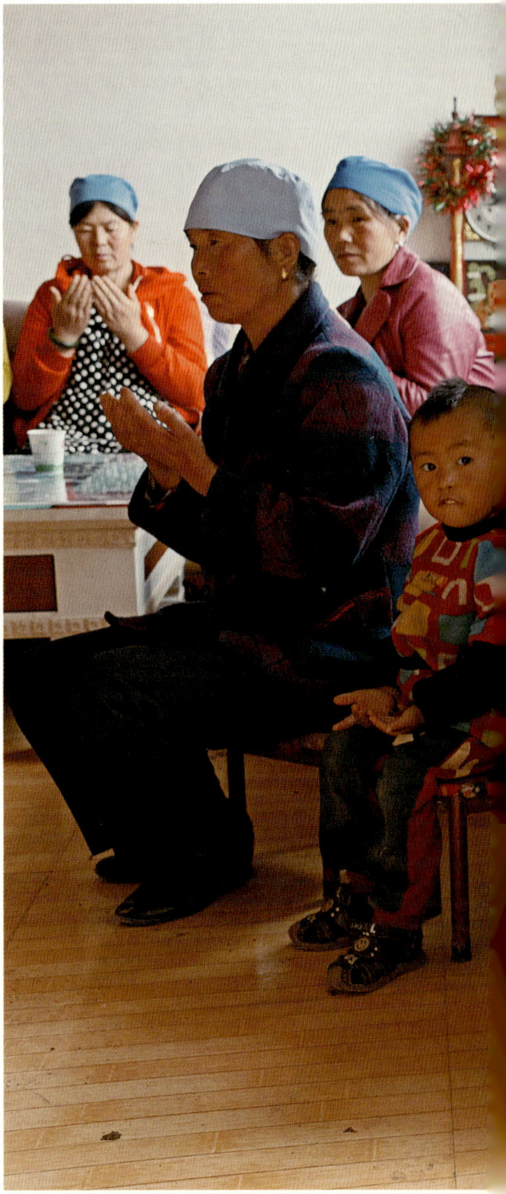

2013年6月19日

2013年5月21日

TIAN TIAN KE YUN

2013年4月3日

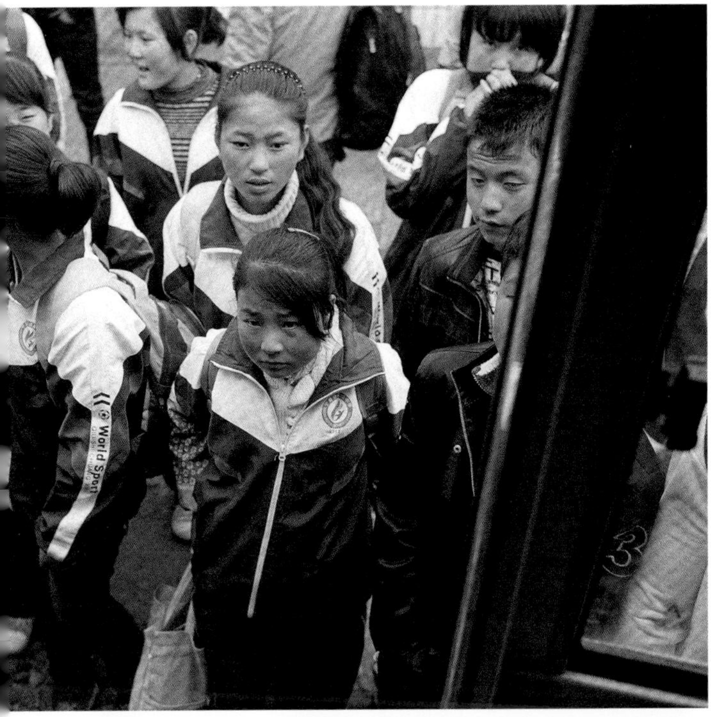
World Sport

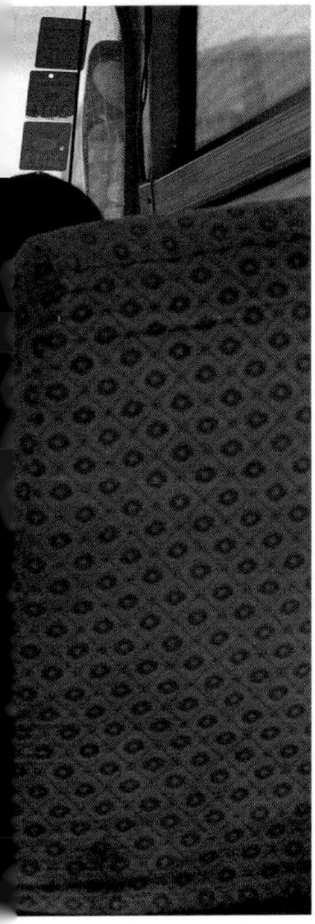

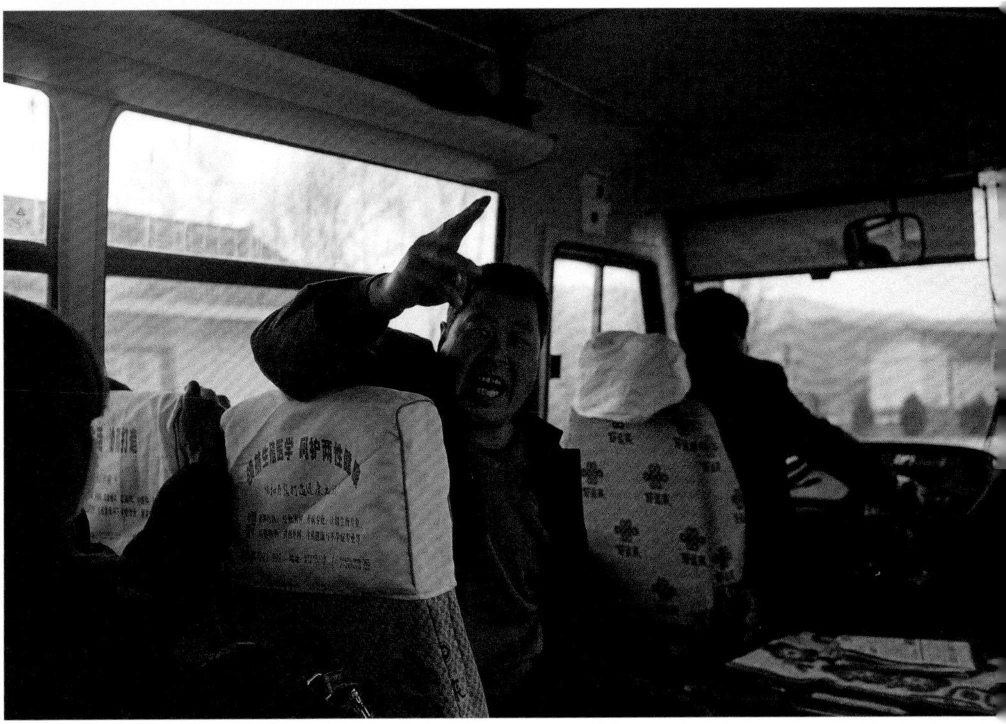

2013年3月16日

2013年3月17日

2013年3月18日

新民乡·经济

2012 年 9 月 23 日　　　　　支教第 27 天

新民乡先锋村的一户典型农家院。

2012 年 10 月 9 日　　　　　支教第 43 天

新民的农民大量种植土豆，马征开玩笑说我们的三餐就是"土豆、洋芋、马铃薯换着吃"，沿着河边随处可见洋芋粉加工作坊。

2012 年 10 月 24 日　　　　支教第 58 天

我很喜欢走先进村—花崖沟一线这条路，这一路的村落多，还有一个水库。水库边正在建设一个生态移民村，住在这儿美得很，走五分钟就可以钓鱼了。

2012 年 10 月 21 日　　　　支教第 55 天

在杨堡村散步时看到一户人家在卖牛，连带着家中的骡子也卖掉了。这些牛都会被运到银川的屠宰场，据说泾源的黄牛肉是非常出名的，不过在伙食中我没怎么吃到。

2012 年 11 月 13 日　　　　支教第 78 天

这儿的村民家中一般都会养牛，不过养殖方式比较原始，所以也难养多。这几年肉价一直涨，养一头牛能卖到 8000 元，卖一头牛的钱就能顾着三口之家一年的花销。

2012 年 12 月 6 日　　　　　支教第 101 天

泾源县没工业，商品多数是从甘肃进货，加上运费后都不便宜。新民乡的商品流通方式还是很原始的，农历逢三、六、九日出集，除此之外就是一些很小的商品门市部，没有超市。在集市上有我最爱的凉皮和烤串摊。

新民乡·乡民

2012 年 9 月 16 日　　　　　支教第 20 天

拍照已经成为了习惯，趁着新鲜感没退去，看啥都有意思，赶紧多拍几张。不过拍当地人的时候就很麻烦，必须快速拍摄，否则他们都会扭过脸去，多数还会问一句好像是"弄啥嘞"的方言。我听不懂也不搭理他们，拍完走人。

2012 年 12 月 3 日　　　　　　支教第 98 天

家访中，碰上马彩艳的亲戚来串门，小家伙对镜头既好奇又恐惧，不过老谷送的暖手袋收买了他。当与他建立了信任后，无论是合影还是特写照，小家伙都不再躲闪了。

2013 年 4 月 10 日　　　　　　支教第 150 天

估计如今新民乡的老少爷们儿都见过背着相机的我和老谷，现在有些人还会主动要求我们给他们拍照。我经常给老谷嘚瑟我的宁夏话，其实只要报上身份"额斯老斯（我是老师）"，或是附上一个真诚的微笑，人们就会开绿灯让我随便拍。

2012 年 10 月 23 日　　　　　　支教第 57 天

今天重阳节，赶集时关注了一下这儿的老人，发现他们很多都带着啤酒瓶底厚的太阳镜。我觉得这眼镜外形挺潮的，挺想弄一副。

2012 年 12 月 3 日　　　　　　支教第 98 天

到石沟阳洼家访时，马彩艳的爷爷，这个枯瘦的老头儿给我留下了深刻的印象：绳套捕野鸡，做家具，一人负责供养小孙女和孙子上学；不想离开世代生活的老家搬去银川与儿女相聚。

2013 年 4 月 21 日　　　　　　支教第 161 天

总在车站或集市上碰见这么几位老人，说话结结巴巴，对我们指指点点，要说我现在也能听懂些方言了，但从来没搞懂他们念叨啥——"尕个念切"。

2013 年 3 月 13 日　　　　　　支教第 122 天

驻村时我认识了这位汉族老人，老家在甘肃华亭县，79 岁，被子女遗弃后来到石沟阳洼居住，在一处废弃的土房中靠编箩筐为生。老人心态很好，很健谈，活得坦荡。

2013 年 5 月 26 日　　　　　　支教第 196 天

第二次驻村时为老人带去两瓶二锅头，老人坚持要付酒钱，被我们婉拒。执拗的老人最后决定为我和老谷各编一个簸箕表示谢意。

一个月后，正当我们收拾行李准备离开新民乡时，老人托同村的孩子为我和老谷捎来了两个簸箕。

　　最后一次见面，老人告诉我他打算在过年时回老家，颐养天年。此去一别，恐怕再难相见。如今看来，告别时我为老人拍下的这张照片，不仅是老人留在我这里的最后的影像，也是他在我心中形象的最好的诠释。

2012 年 11 月 4 日　　　　支教第 69 天

巡山回来的路上偶遇一户留守人家，爷爷下地干活时将年幼的小孙子留在车斗中，11 月的新民乡已经接近零摄氏度，小家伙一脸鼻涕却没有父母为他抹去。城里人到乡下拍摄，总把苦难当新奇来看，所以在拍摄时我总告诫自己——要将镜头对准他们的生活，换位思考发生在他们身上的故事，胜过单纯的捕捉。

2013 年 5 月 18 日　　　　　支教第 188 天

穆斯林的妇女在婚后都会戴帽子或者裹头巾，穿着也很保守。很多女孩婚后因为要戴头巾，不好意思出现在同学面前就会选择放弃学业。

2013 年 5 月 10 日　　　　　支教第 180 天

到先进村家访时来到一户留守家庭，爷爷是哑巴，只能通过手语交流，奶奶则重病卧床。刚刚走进卧室就能闻到一股浓重的药味。

2013 年 6 月 3 日　　　　　支教第 204 天

到村北巡山时看到两户正在割杂草的人家。年轻的爷爷奶奶看着好似父母，想来是当地人结婚早所致。新民有太多的隔代家庭，原来是"放牧—生娃—放牧"，如今是"打工—生娃—打工"，留下老人和孩子守着家。

新民乡·生活

2012 年 9 月 6 日　　　　　支教第 10 天

"劝学"中看到学生的父亲使用太阳灶，很好奇这玩意儿的效率，很想伸手往光线聚合处放一下感受感受，据说 30 分钟就可以烧开一壶水。

2013 年 5 月 2 日　　　　　支教第 172 天

路遇几位小憩的农民，我询问，能拍张照片吗？男人点头，女人笑声开心又害羞，答话令人莞尔："我穿成这样拍出来能行不？"我告诉她好看，如果能笑出来就更喜庆了。拍完第一组照片后我与他们交谈起来，得知他们是邻乡人，农闲时来干活赚外快。当我将要离开之际，他们与我告别，态度比之前拍照时自然放松，我抓起相机连拍三张，将乡民们最真实的淳朴捕捉下来。

2013 年 5 月 9 日　　　　　支教第 179 天

对器材的狂热是摄影爱好的必经阶段。不同的是有人为器材发了一辈子的烧，有的能适时从器材中脱离开来更着眼于影像本身。在支教前，自己还处于看重器材多于影像的，回看来支教至今大部分照片，便能觉察出某些正在发生的变化——我已经可以将设想的影像用画面实现，这是一种"创作"，也能在照片中更多地融入自己的感情。
拍摄这张照片时，那棵矗立在后院的树好似看到了正被村民劈砍的同伴的"悲惨境遇"，举起"双手"以示投降。看到这生动的一幕我快步上前趁村民还未觉察时按下快门，好天气倒是成了陪衬。

2013 年 5 月 11 日　　　　　支教第 181 天

路边碰上杀鸡的全过程，先由阿訇诵经宰杀，再由主妇烤火去毛，很讲究。

2013 年 5 月 17 日　　　　　支教第 187 天

石沟阳洼的村民在每周五的礼拜前有一次洗澡的机会。因为是村民们的老相识了，我被获准拍摄他们洗澡的画面，但仍无法进入清真寺内拍摄。

2012 年 11 月 18 日　　　　支教第 83 天

杨堡村圣纪节，于我看来更像是一个全村村民的聚会。大家有钱出钱没钱出菜，用 16 口大锅，宰 5 头牛煮一顿大锅菜。禹老师在村里应该是响当当的一号人物，后厨是不对村民开放的，他却能轻易地把我带进去拍摄。

2013 年 6 月 19 日　　　　　支教第 220 天

学生杨永杰邀请我至家中参加祈福仪式，仪式后有筵席。这是村中每户人家都要举办的仪式，请阿訇诵经，然后邀请亲朋好友到家中聚餐。

2013 年 5 月 21 日　　　　　支教第 191 天

要说山沟里碧水蓝天、环境宜人，可 PM2.5 并不低，巡山一趟回来鼻子总是脏脏的。这种情况在身边有车辆呼啸而过之后更甚。我将今天的照片发到微博，网友的评论更逗，说这哪是 PM2.5 啊，明明是 PM250。

2012 年 12 月 5 日　　　　　支教第 100 天

新民乡是宁夏最南端的乡镇，距泾源县城有 28 公里的山路，我们会选择搭乘"天天客运"的中巴车往来此间，单程一趟需要约 1 小时，路费 6 元，虽然不便宜，但也没有其他的选择。我对于中巴车的好感在于它招手即停，且每天班次众多，乘车点就在学校门口。

2013 年 4 月 3 日　　　　　支教第 143 天

在微博上看到《北京地铁上的故事》组照，决定在我乘车时也多摁快门记录一下中巴车上的故事，不过总会因为手中东西太多、山路颠簸而作罢。

新民乡·消失的村庄

2013 年 3 月 16 日　　　　　支教第 125 天

"村民马老伯通过承包已搬迁村民的耕地，种植了近 100 亩约 160 万株樟子松苗。驻村时恰逢他家中的一批树苗需要移栽到新的荒地中，全村为数不多的男女都投入到树苗的移栽劳作中去。马老伯为了种植树苗已经投入上百万的资金，若非亲眼看到，很难相信眼前这位衣着朴素、手拿锄头在田间劳作的老汉坐拥百万身家。马老伯告诉我，生态移民工程开始后，村中原来近 2000 亩的耕地逐渐成为无人耕种的荒地，荒地上种植的树苗吸引了林业部门和客商们上门采购。通过种植苗木取代传统的放牧，老马家发生了翻天覆地的变化，但也背上了沉重的经济负担。除了大量的树苗仍在成长资金无法回本，向当地农村信用合作社贷款的合同利率也高达 12.6%，每年仅还息就需三万余元，所以这位'百万元户'仍住在朴素的砖房内，每年要靠卖一头牛才够补贴家用。

马老伯的梦想就是能把身后的荒山种满自家的树苗。他告诉我，自己种植的树苗能成活九成，相比退耕还林工程中的种植林高出不少。老马一家的先期投入已初见成效，如今在实现梦想的道路上遇到了政策和资金上的瓶颈，若能得到国家的支持，马老伯的梦想将会早日实现。马老伯的行动也造福了其他村民，给他们带来了工作机会——普通中年人工作六小时就可以有 100 元的收入，如果规模扩大，将会给更多的村民带来稳定的收益，村民就可以真正做到在家门口赚钱了。"——《消失的村庄》

2013 年 3 月 17 日　　　　　支教第 126 天

"石沟阳洼的历史可以追溯到清朝末年的陕甘回民起义。清政府为防止回族人民再次起义，将起义失败的 9480 名陕西渭南地区回族人迁至如今的泾源地区。清朝的'涣其群，孤其势'政策让陕甘富庶地区的回民村落荡然无存，而荒无人烟的西海固地区逐渐成为了最大的回族聚居区。经过百年来的发展，到 2001 年国家实施'易地扶贫移民搬迁试点工程'前，石沟阳洼已经发展成为一个拥有 86 户近 400 人的村落。人口增多，开垦力度和放牧范围扩大，导致当地生态平衡迅速被打破，森林植被被破坏后村民陆续迁出，在实施生态移民的十余年间，近 80 户人家搬迁至宁夏的红寺堡和渠口等地区。这个昔日炊烟袅袅的村落再不复往日光景。"——《消失的村庄》

石沟阳洼目前仅余六户人家在此居住，其中四户老年夫妇，两户中年夫妇。这两户中年夫妇一户为村中阿訇的儿子，陪年迈的父亲留了下来，另一户是村长一家。驻村第一天我就将拍摄全村所有居民的想法告诉村长并请他出面号召，他一口答应，却总以放牧、移栽树苗等各种理由推托。眼看驻村即将结束，我和老谷与村长约定今天下午六点拍照，且亲自挨家串门请各位来照相。大家对我们的邀请还算给面子，六点的时候虽然到了六户人家，但村长和阿訇以及马老伯始终没有出现，一向放牛后准时回家的村长消失了……经打听，阿訇与马老伯不和，所以不想出现在同一画面中，但他们都让家人来参加合影。眼看着太阳即将落山，我决定开始拍摄，于是留下了这一幅人数不全但悉数家庭到位的合影。巧合的是，在我们拍摄完毕不到五分钟的时候，村长赶着牛群出现了……不曾想到这么一个即将消失的小村庄还能有如此复杂的关系。

2013 年 3 月 18 日   支教第 127 天

1. 星空下的村庄（√）
2. 石沟阳洼的贫困和不便 ×3（老人√ 家庭内部照√）
3. 先进村的新生活 ×2 √
4. 退耕还林的效果，一山之隔√
5. 村民的合照√
6. 消失的村庄√

今天拍摄了《消失的村庄》专题的最后一张照片，意境是落日的余晖下废弃的房屋如西夏王陵一般昭示着一个村落的消失。留下来的村民抱着在此终老的想法继续守望着。

孩子们

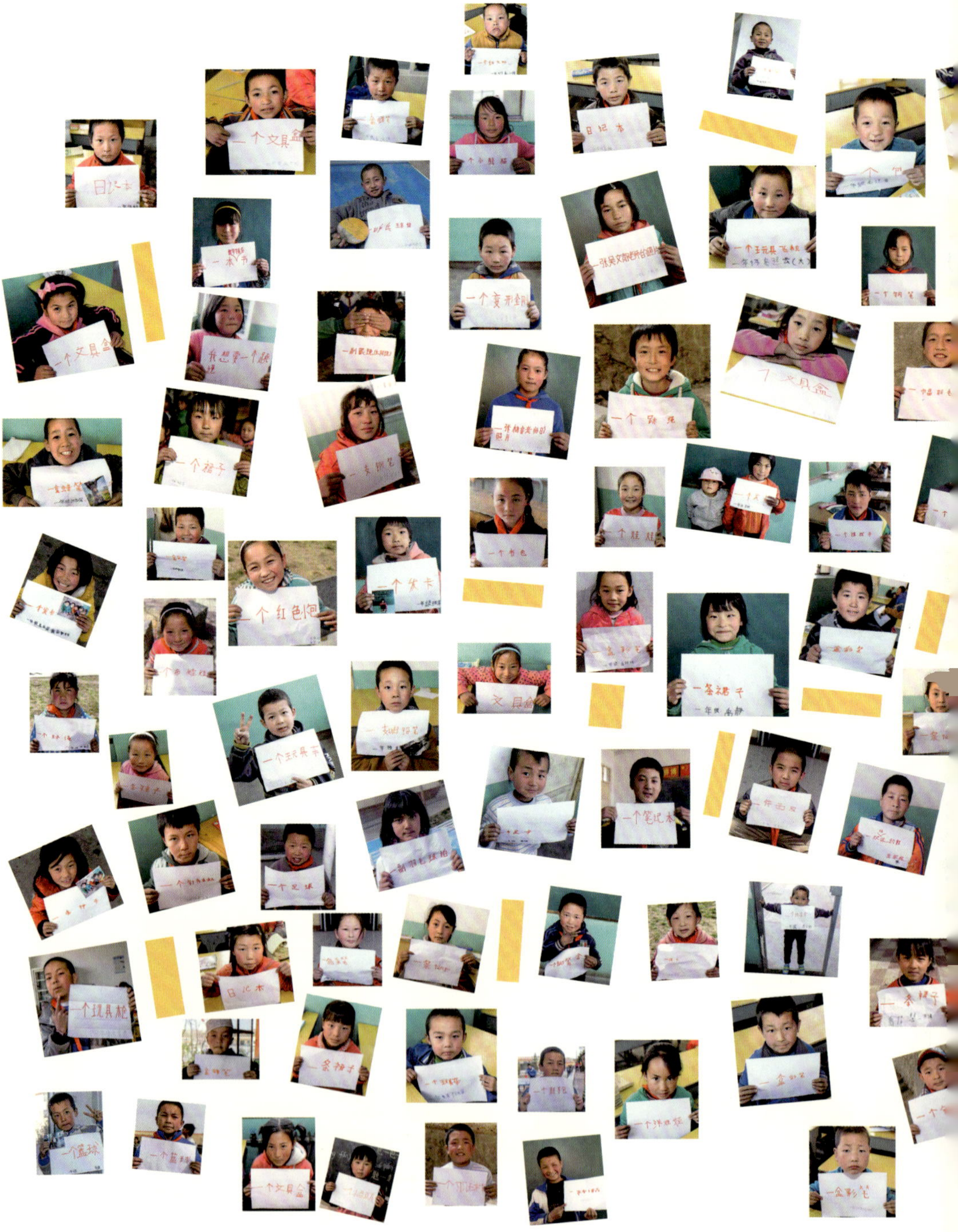

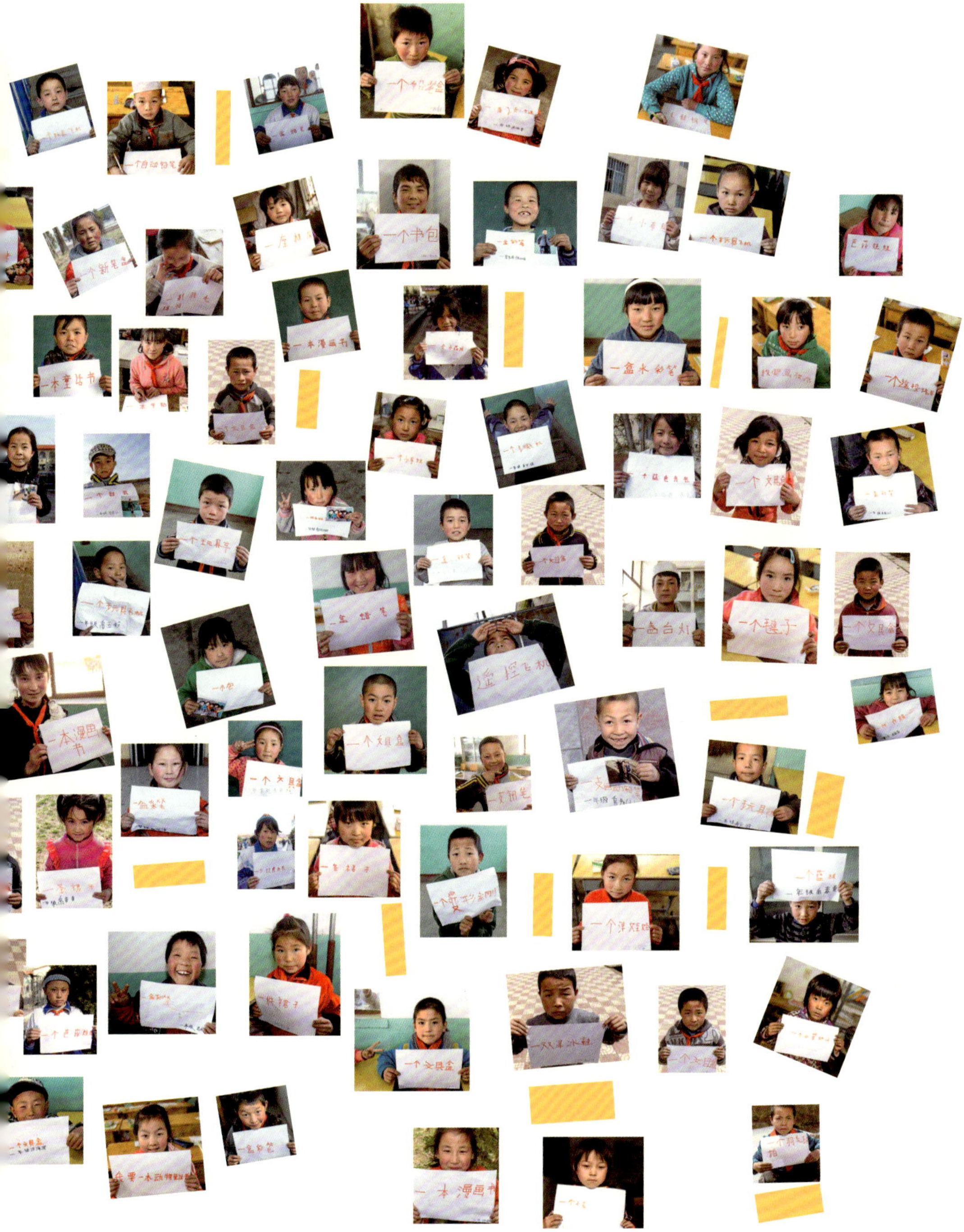

他们或乖巧懂事，或调皮狡黠。命运并没有赋予他们太多的资本，但也没有剥夺他们太多的快乐。我所乐于看到的是，无论境遇好坏，前途何方，这里的孩子都不失乐观的笑容和生命的活力。
……

2012年10月31日

2013年4月11日

2012年11月11日

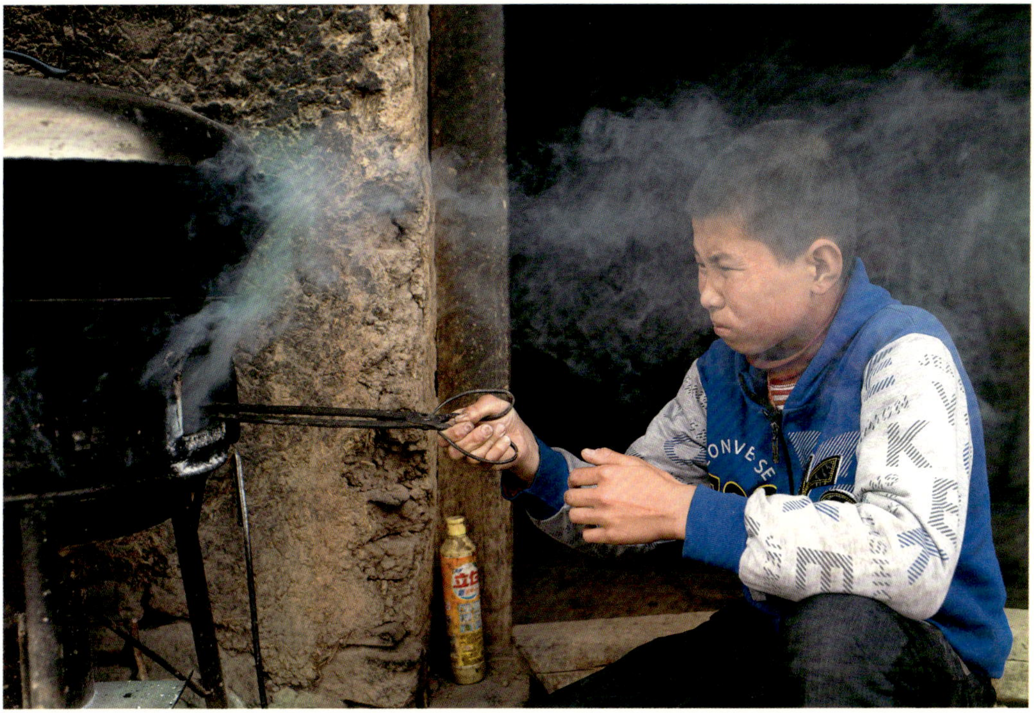

2012年12月3日

2013年3月16日

2013 年 6 月 22 日

2013年4月8日

2012年11月5日

2013年3月28日

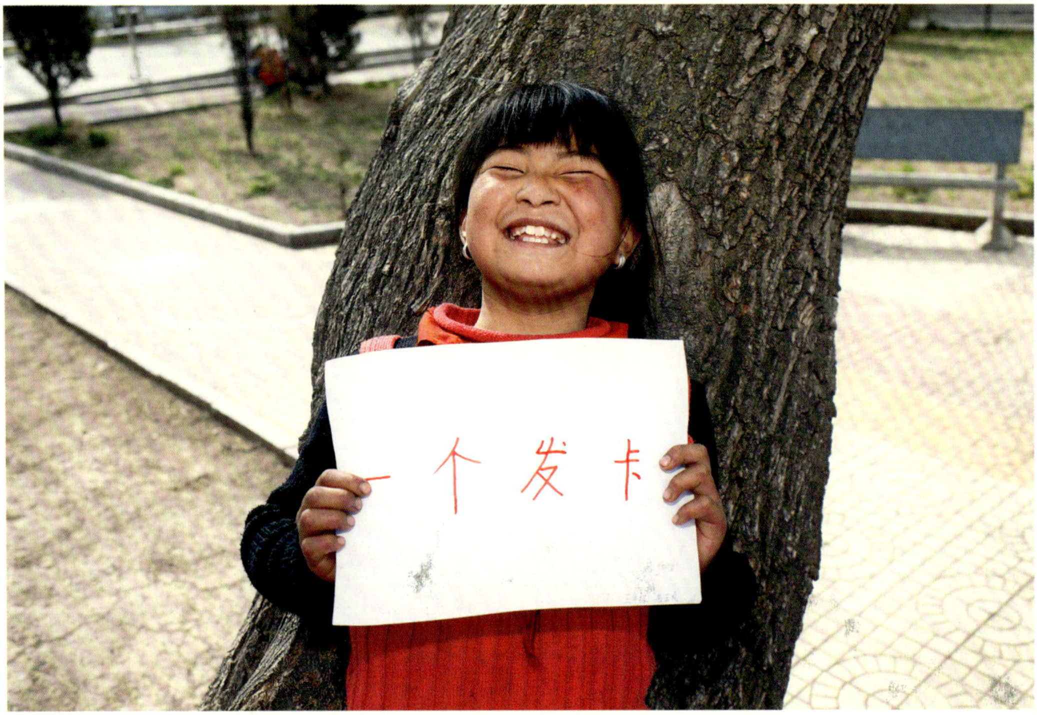

2013年4月10日

2012年11月3日

2013年3月12日

2013年3月27日

2013年3月15日

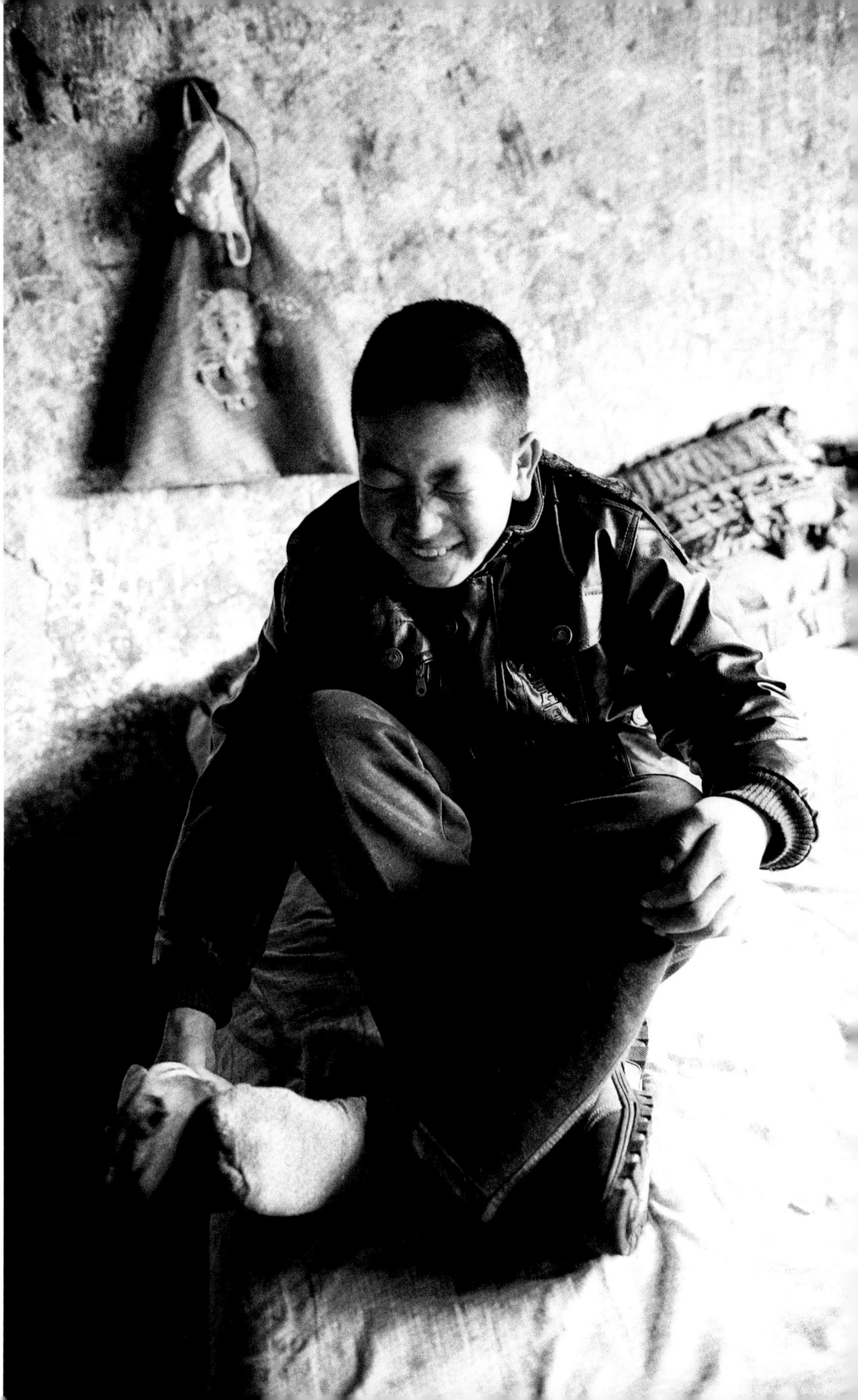

2013年4月19日

2013年4月28日

116

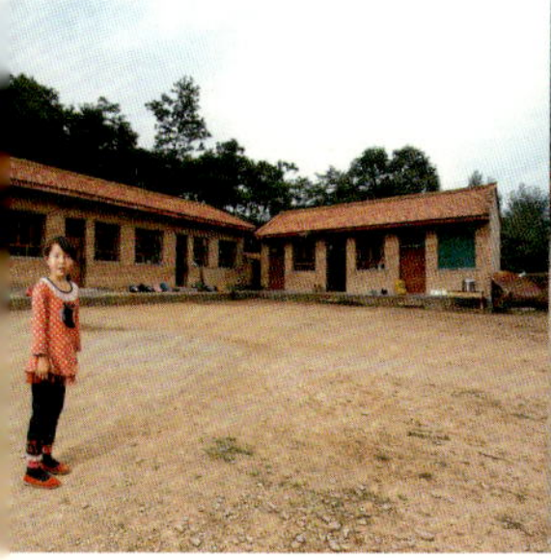

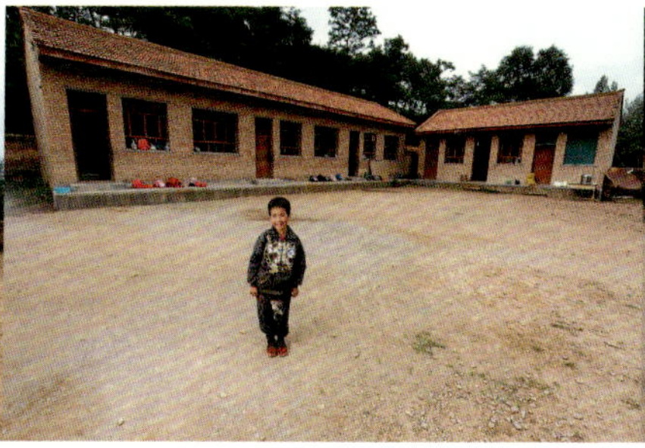

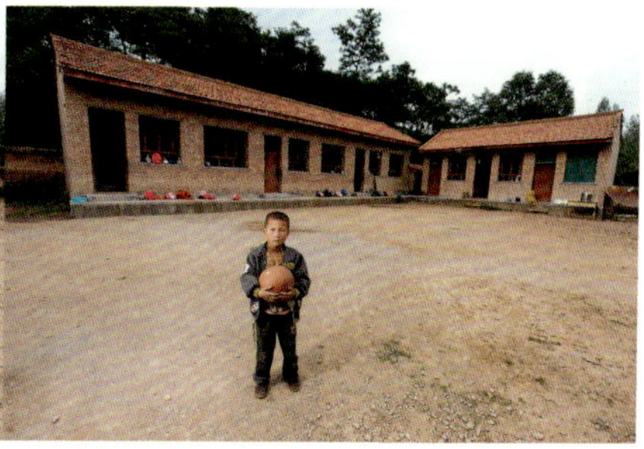

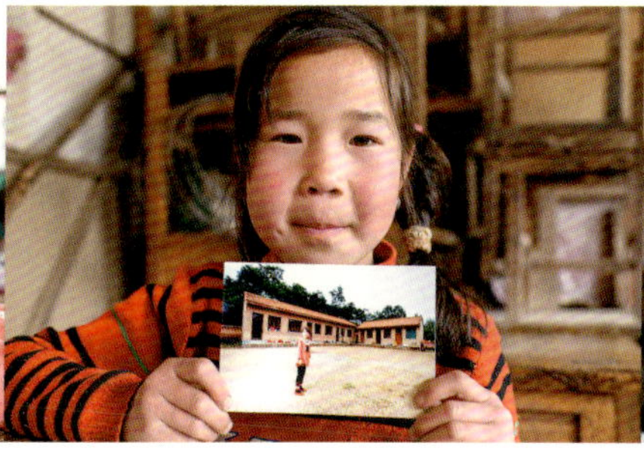

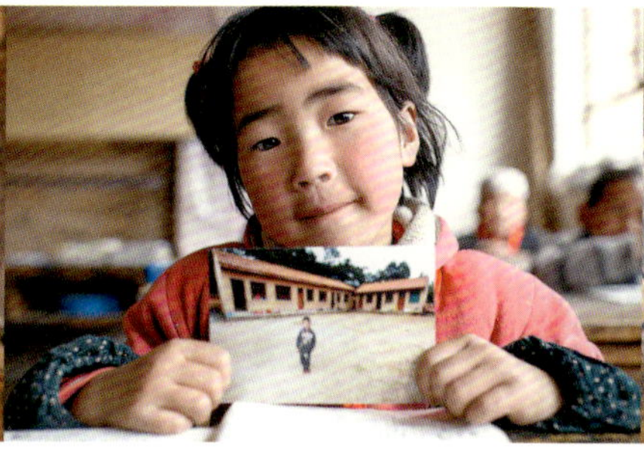

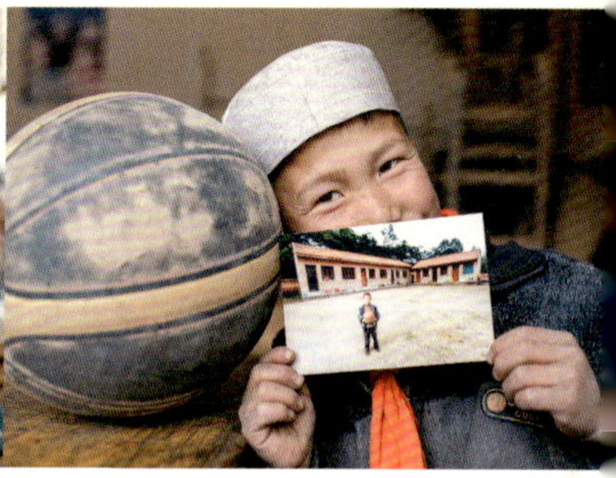

2012年9月5日　／　2013年3月5日　／　2013年6月5日

孩子们·特写

2012年10月31日　　　　支教第65天

孩子们是我镜头下绝对的主角，因为他们不矫情做作。小孩子争先恐后地挤进镜头，大孩子就相对羞涩得多了。为他们拍照还是讲究一个快字——免得太多小孩子挤进画面，也免得大孩子察觉被拍。

2013年4月11日　　　　支教第151天

去年冬天在古树下结识的小彤，因为小儿麻痹症造成聋哑，已经17岁的他智商如5岁小孩一般，与狗整日相伴玩乐，倒也过得惬意。今天我和老谷到树下巡山时送他照片，明明看到小彤的脸在窗户后若隐若现，他妹妹却推诿说哥哥不在家。临走时老谷取了柴堆中一根烧火棍当拐杖，却被小彤撵出来要回。我俩当时很无语，愣在原地半天。

2012年11月11日　　　　支教第76天

第一次到石沟阳洼，在马会宁家吃饭，会宁的哥哥马保宁为我们煮的面条。第一次见保宁就感觉他有种倔倔的气质，每当他察觉出镜头时，都会以一种坚毅的眼神盯着镜头。

2013年5月24日　　　　支教第194天

第二次驻村，马会宁很懂事地操持着家务。这个小男孩话不多，做事稳重，温和善良，是我最喜欢的五年级学生。

2012年12月3日　　　　支教第98天

马江明，很调皮捣蛋的五年级学生，在家中欺负姐姐马彩艳，被溺爱他的爷爷奶奶纵容。

2013年3月16日　　　　支教第125天

马彩艳，六年级学生，很文静，也很聪明，六年级学生中，她是唯一戴眼镜的，所以我印象很深。她和弟弟是留守儿童，父亲和母亲在银川打工，小学毕业后她将到银川与父母团聚，并在那里读初中。

2013年6月22日　　　　支教第223天

禹瑞强，我和老谷口中的强子，我俩最忠实的粉丝和最听话的勤务兵。飞檐走壁，轻功了得，带我们逛集市、找古墓、探蝙蝠洞……在"你的梦 我来圆"活动中，每天帮助我和老谷发礼物、通知学生、维持纪律。我总是和强子开玩笑说，跟着哥走吧。

2013年4月8日　　　　　　　支教第148天

在征集"你的梦　我来圆"活动的愿望时，五年级的禹婷婷在草稿上写下"一个MP3"，但是却在正式的纸上写下"一支钢笔"。看到她的草稿后我问她为什么更改原来的愿望，她只是腼腆地笑。后来我把这一幕发到微博上，朋友称在活动中不但会送给她钢笔还会送一个MP3。

2012年11月5日　　　　　　　支教第70天

六年级语文考试中，坐在最后的禹杨东抄答案被我逮到，罚他趴在黑板下答卷。这个平时风风火火的"孩子王"竟然抽抽嗒嗒地啜泣起来，等他平复下来后我让他坐在我旁边答卷。我指出座位上那些不时抬头张望，捕捉到我的眼神后立刻低下头但是不答卷的孩子，告诉他看出作弊就是如此容易，禹杨东笑得很灿烂。

2013年3月28日　　　　　　　支教第137天

杨永杰，六年级学生中成绩名列前茅。上学期我交给他一个本子，让他写下和我在一起的感受，告诉他等支教结束时我希望能看到这些文字。今天放学时去家中想看看他写了什么，他告诉我本子丢了，那一刻我很不舒服。

2013年4月10日　　　　　　　支教第150天

一直以来我都觉得教师子女是学校中的一方诸侯，但禹玉凤算是个异类吧。她是个超级爱笑的阳光女孩，从来只看到她被同学欺负，也没见她红过脸。她的愿望竟然只是一个发卡，我决定到时候多送她一些文具。

2012年11月3日　　　　　　　支教第68天

新民乡这个村子太小了，基本上我们可以对任何老乡说自己是他们孩子的老师，这不，今天拍摄的烧锅炉大爷就是二年级学生马燕的爷爷。

2013年3月12日　　　　　　　支教第121天

我们和禹文倩认识的经历很有趣，去年老谷在买零食，和旁边的女孩开玩笑说周末去你家吃饭吧，女孩一口答应，周日女孩的妈妈便很热情地接待了我们。那女孩就是禹文倩，九年级学生，毕业后想进入职高，来询问老谷的意见……你别说老谷的女生缘还是挺好的。

2013年3月27日　　　　　支教第136天

这学期"劝学"时有个学生给我印象很深——禹丽娟，当时还有四个月就可以毕业的她坚称不想读书，也无所谓毕业证。今天我在街道上的门市部看到她已经做起了店员，每月能收入千把块，她很开心。

2013年3月15日　　　　　支教第124天

如果说从穿戴上区分这里与城中的孩子，我想最明显的该是他们脚上的鞋子。

在驻村时我和老谷为马明英准备了不少礼物，有四驱车、书包、运动鞋，这其中我觉得他最喜欢的是运动鞋。当他拿到新鞋后，全然不理会奶奶让他存着过节穿的建议，飞速地换下脚上已经磨破鞋面的千层底布鞋，也不理会我的忠告，穿着新鞋就开始在石头地上撒欢。

2013年4月19日　　　　　支教第159天

支教前我一直觉得孩子们的穿着应该是很褴褛的，但事实并非如此。除了经常是脏兮兮的，很少能见到穿带破洞衣服的孩子。马征从北京为他们运来了一袋衣服，拿到衣服的孩子们并没露出我们想象中的惊喜。

在"你的梦 我来圆"的活动中，无论男女生，想要鞋子的人数远多于想要衣服的，孩子们对一双运动鞋的渴望是最强烈的。

2013年4月28日　　　　　支教第168天

在"劝学"时有个不愿来上学的孩子告诉我，在学校时最好的回忆就是打乒乓球，但孩子们打球的装备很简陋。所以在"你的梦 我来圆"活动中我鼓励喜欢打乒乓球的孩子写下"一个球拍"的愿望。

2013年6月5日　　　　　支教第206天

在去年的9月5日，我一时兴起为花崖沟小学的每个孩子拍摄了一张照片，今年3月5日拍摄了"半年之后"。我很想把拍摄"N年之后"这个传统在北航支教团中传递下去。

校园内

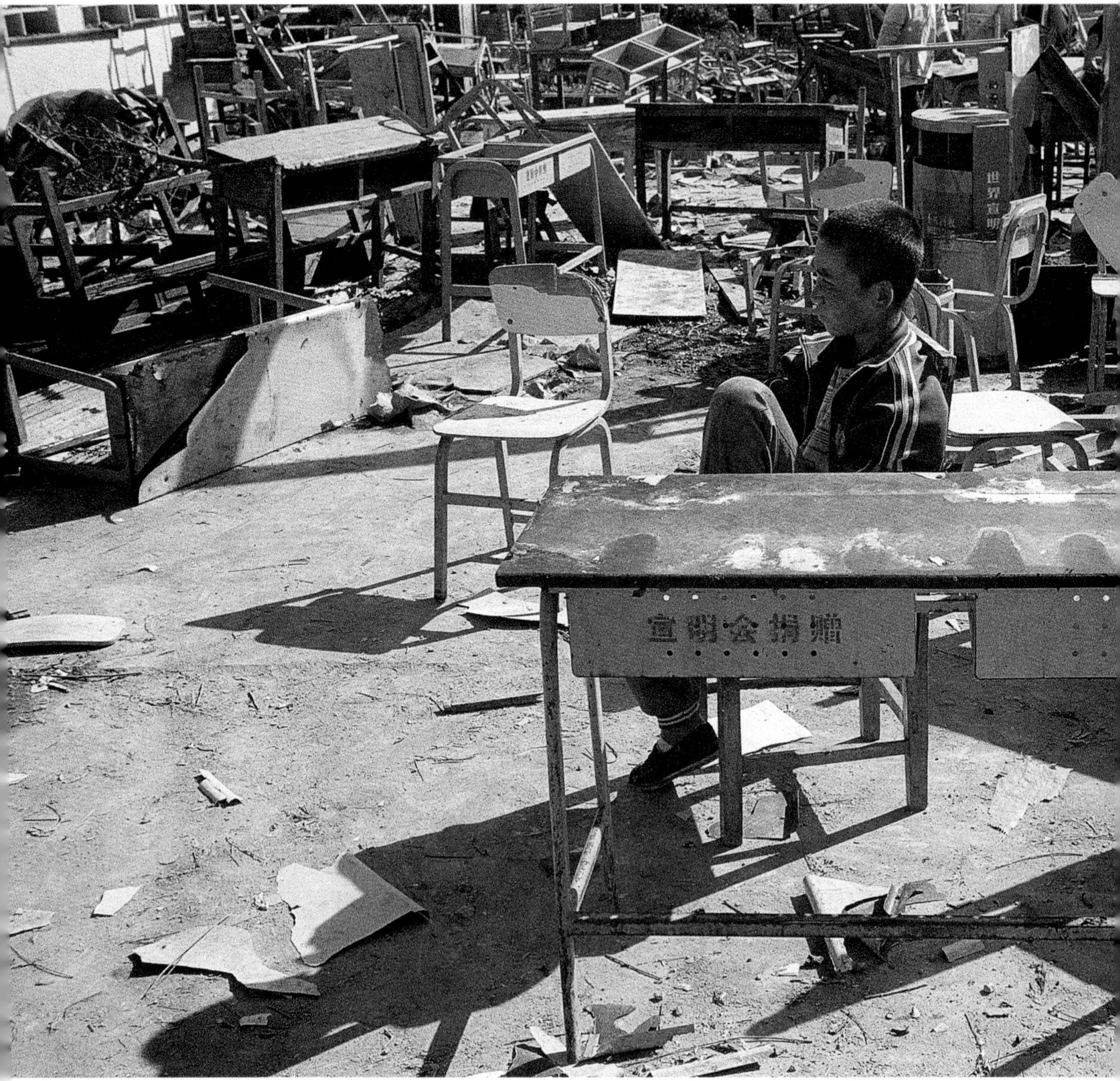
宣明会捐赠

校园中，我是学生口中的穆老师，外号『相机哥』，他们的喜怒哀乐，都逃不出我的镜头。课间时雀跃的身影、篮板下奋力的拼抢、体育器材上的纵身一跃都是我最喜欢的画面。校园是一个舞台，孩子们是天生的好演员，每天都有不同的表演，内容总会让我应接不暇。和他们关系的升华是因为那场活动，因为拍摄了全校孩子的愿望，又通过网络帮他们圆梦，发礼物时听到那『哇』的一声惊叹，我自豪于自己的照片传递了能量。

……

2012年9月3日

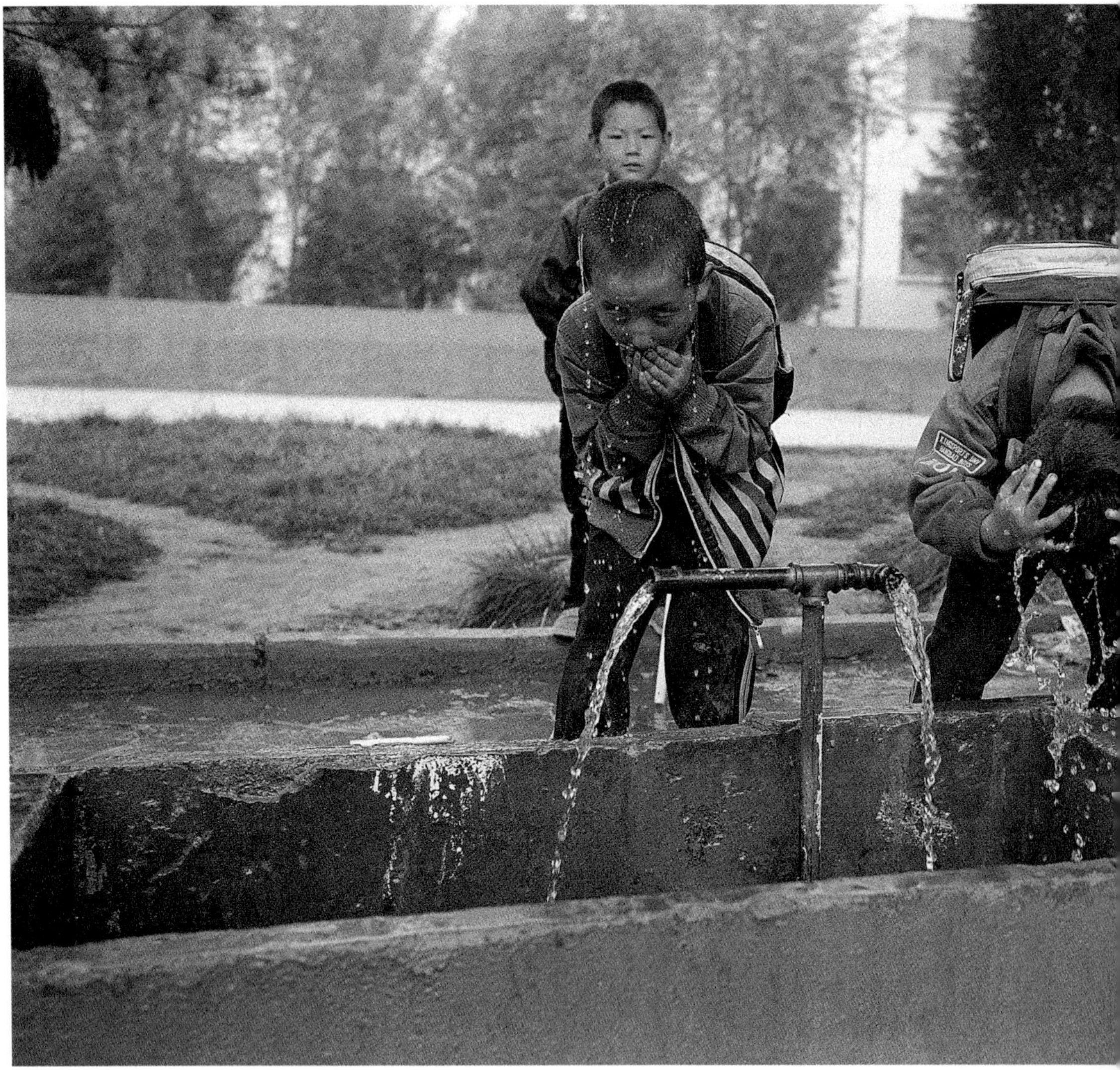

2012年9月7日

2012年9月13日

2012 年 9 月 18 日

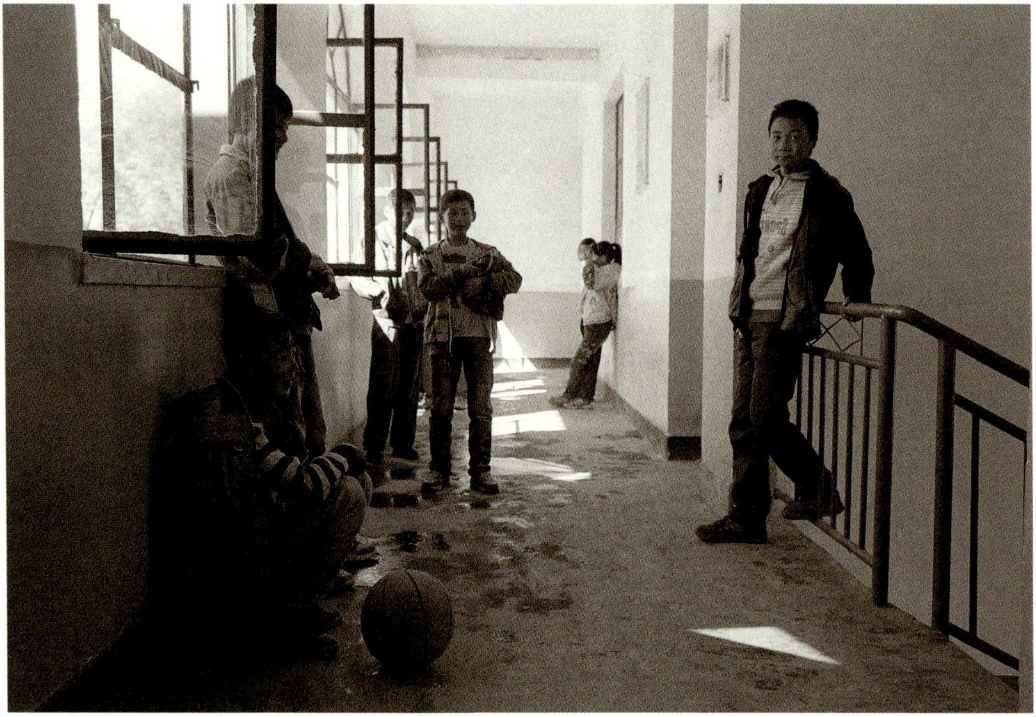

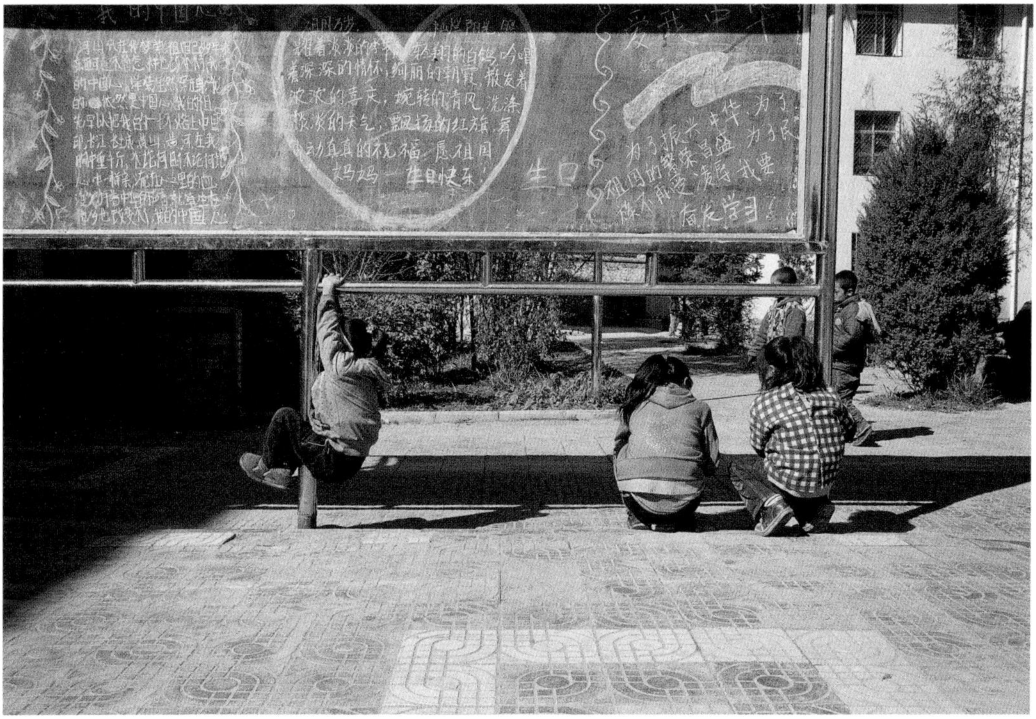

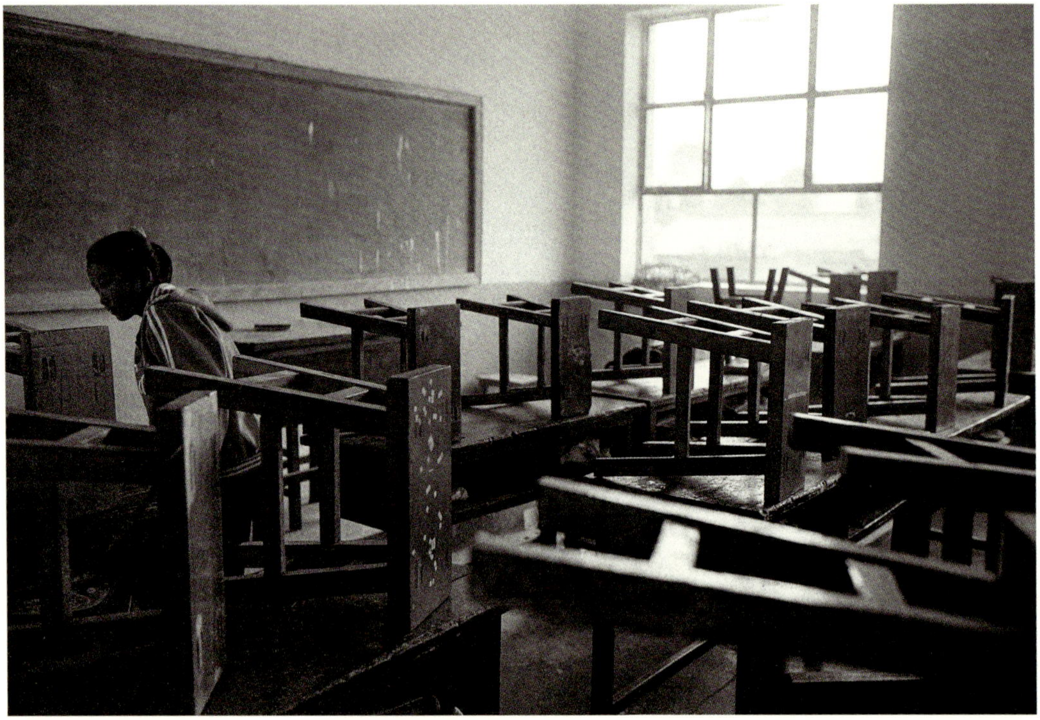

2012年10月15日

2012年9月20日

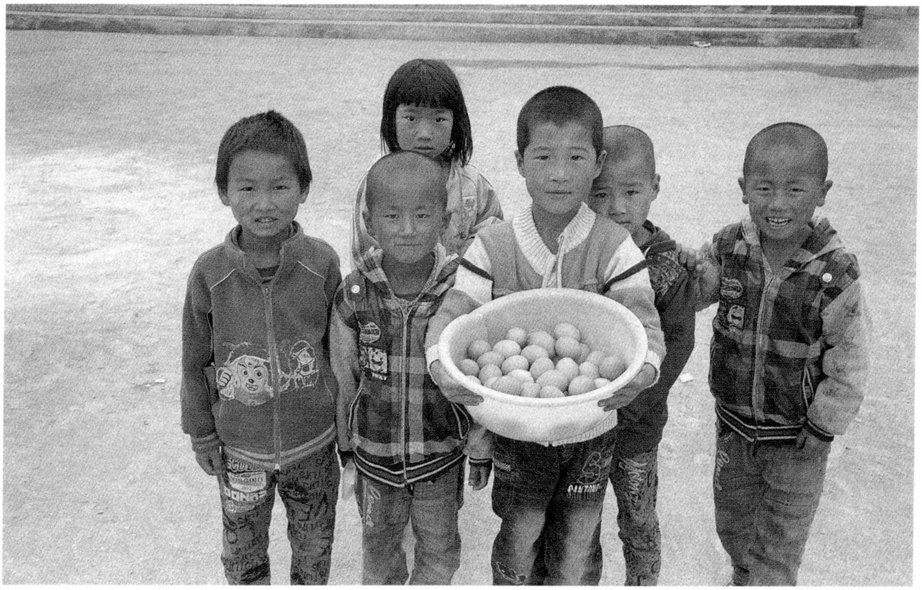

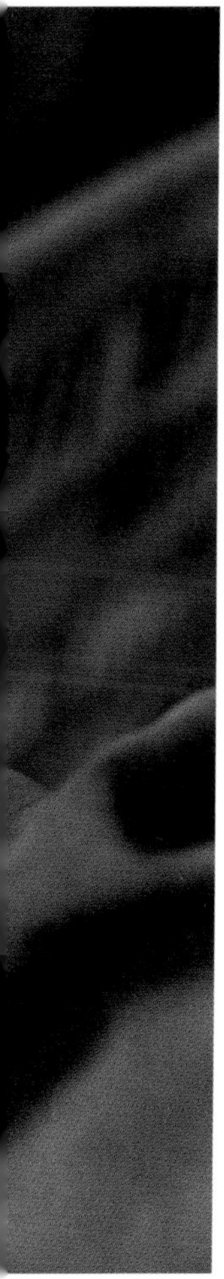

2012年10月20日

2012年10月22日

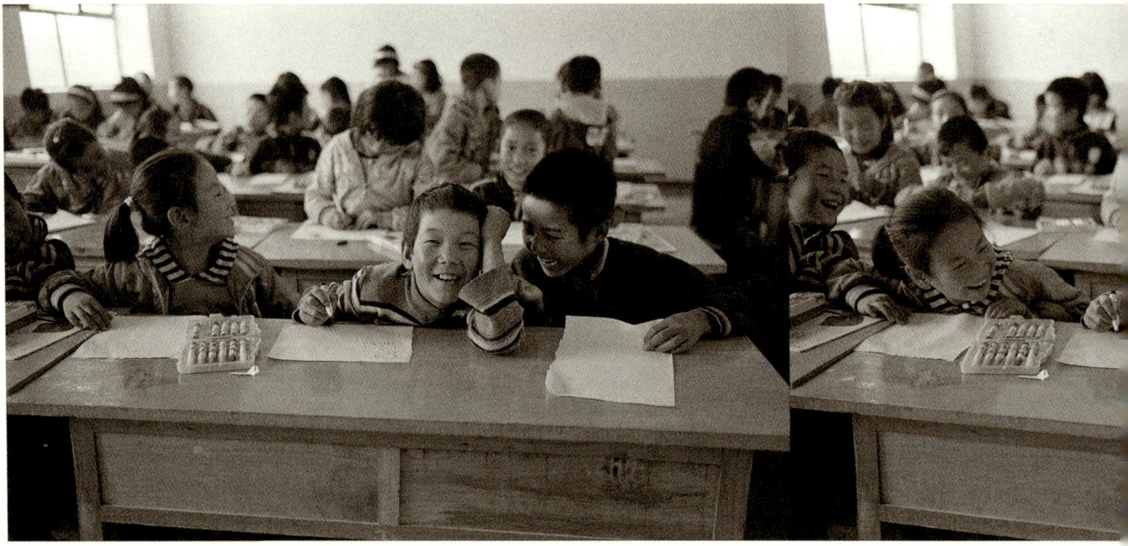

2012年10月26日

2012 年 11 月 5 日

2012年11月6日

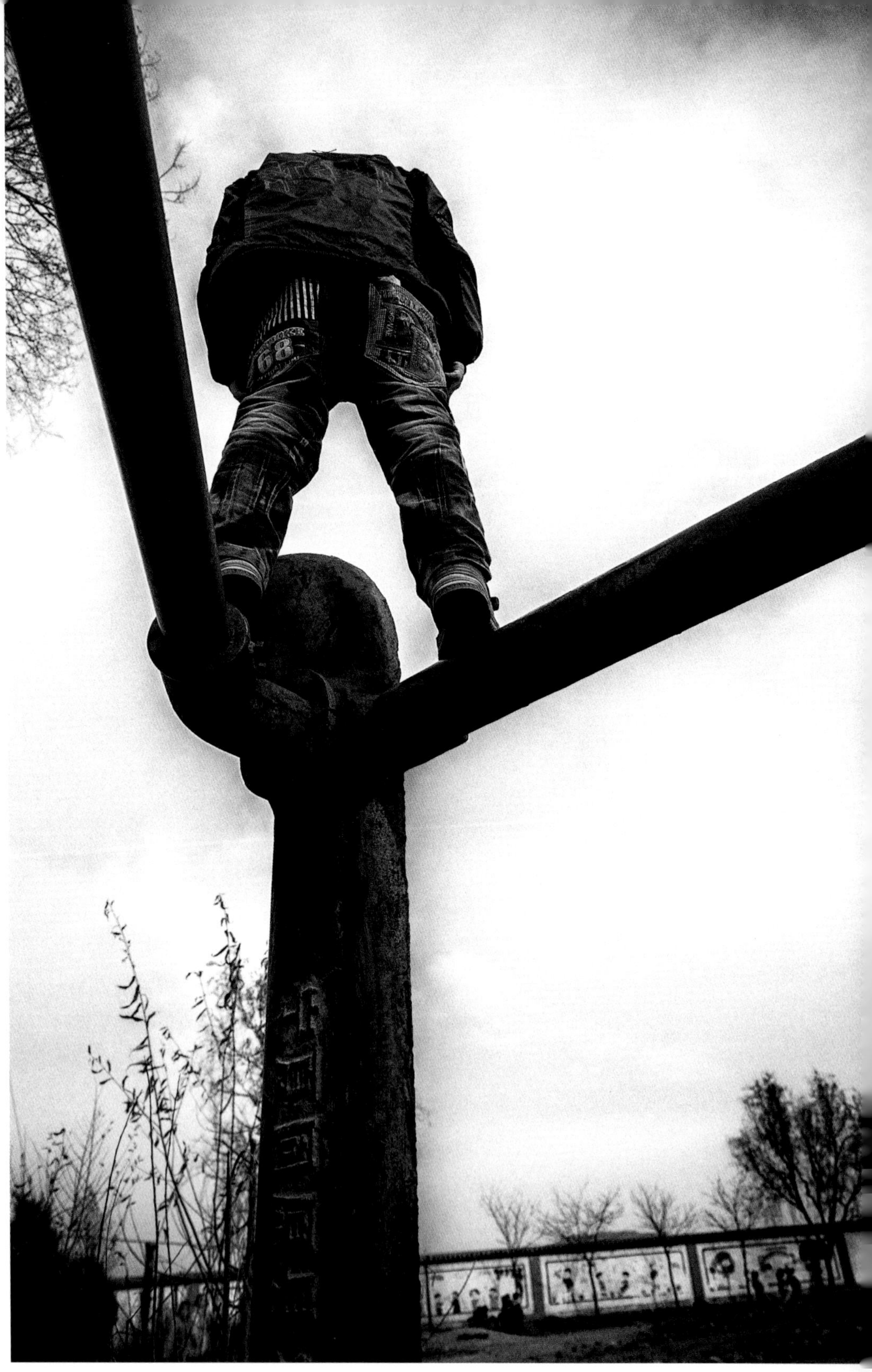

2012年11月7日

2012年11月9日

2012年11月21日

2012年11月16日

2013年4月16日

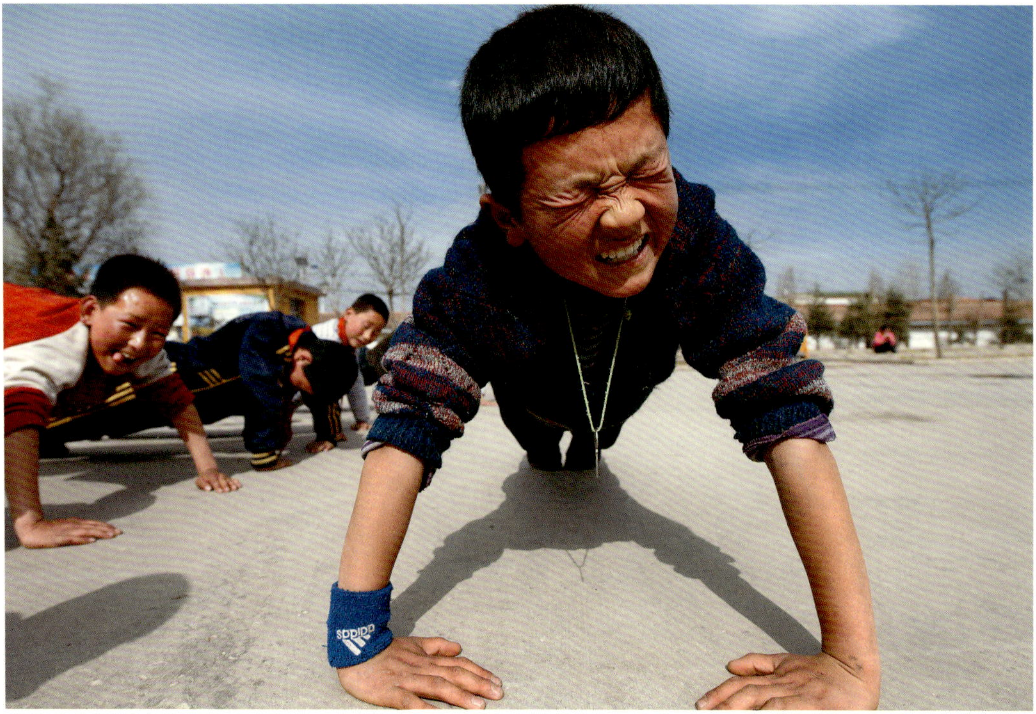
adidas

2013年3月21日

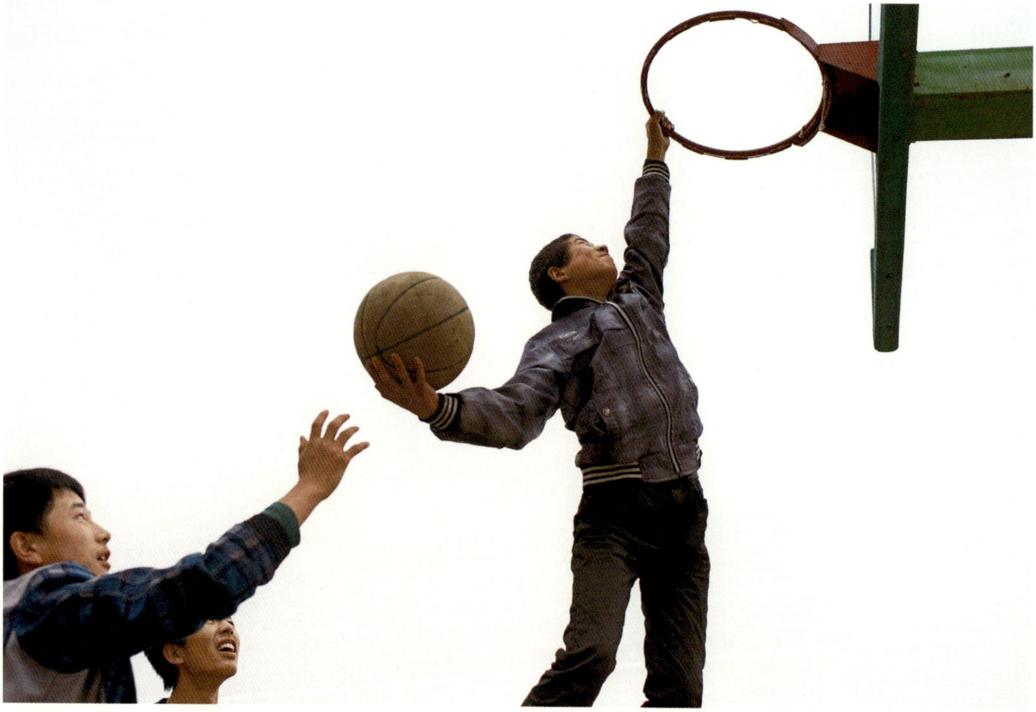

2013年5月20日

2012年10月13日

2012年10月24日

2013年3月11日

2013年5月9日

155

2012年9月3日

2013年6月21日

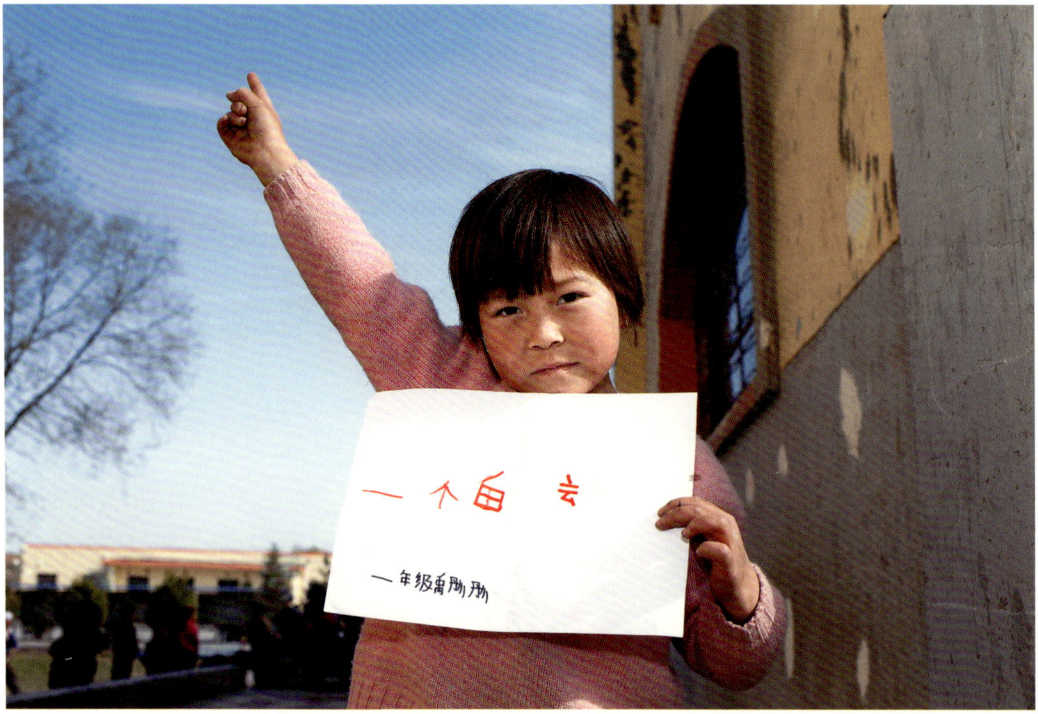
一个白云

2013 年 5 月 20 日

2013年4月12日 / 2013年5月10日

2013年5月15日 / 2013年5月27日

2013年5月28日

校园内·生活

2012 年 9 月 3 日　　　　　　支教第 7 天

因为校园内防震施工，将教室中的桌椅都挪到了操场上，所以刘程来学校时才会说我们这儿如同垃圾处理厂一样。不过这倒"造福"了那些因此而停课的孩子们。

2012 年 9 月 7 日　　　　　　支教第 11 天

来支教前听闻宁夏缺水，前任支教团学长说水管的水不能饮用。在我看来，这地方并不是太缺水，水源是山涧的溪流，所以也谈不上净化，孩子们都在直饮生水也不见有异。但是学校的水龙头太少了，一到饭后的刷碗时间，两处水龙头前就会堵满学生。

2012 年 9 月 13 日　　　　　　支教第 17 天

学生们基本上六点起床，洗漱、室外晨读、打扫卫生，七点集合做操，七点三十开始室内晨读，八点二十早饭，八点四十开始第一节课，上午四节课，下午三节课。

2012 年 9 月 18 日　　　　　　支教第 22 天

在校园中,学生对待老师的态度很不同——对当地的老师很畏惧,对待我们就有些目中无人，见面很少打招呼，一副嬉皮笑脸看洋相的样子。

2012 年 10 月 12 日　　　　　　支教第 46 天

"十一"假期前我得知六年级唯一一个班的班主任调走了，如今我作为六年级的语文老师得对这 55 名学生负责，当一段代理班主任了。当地缺乏师资力量，外地人又不想坚守，老师走马灯似的换，学生也在混日子。孩子们的学习基础都很差，六年级还没学全英文字母表，即使班中学习最好的孩子，将来也未必能考上大学，学校最大的作用就是不让他们走上邪路。高峰告诉我，有一位班主任刚任教的时候心气很高，想要带出点成绩，后来看到大环境如此便没了动力。支教团也是如此，开学第一周我们是校园内起床最早的一批人，慢慢发现其他老师都没这么早起来的就索性也怠慢了。

2012 年 10 月 15 日　　　　　　支教第 49 天

代理班主任就要全面负责学生的饮食起居，很劳神。每天放学后要带领学生打扫卫生做值日，孩子们的值日有些儿戏，总结起来就是"在操场上荡灰，在教室中泼水"。

2012 年 9 月 20 日　　　　　　支教第 24 天

走读生和在校生最大的区别就是有无晚饭,学生们在学校吃饭都是免费的,营养到位、管饱。老师和学生吃同一灶出来的饭,有意思的是一天三样的主食——馒头、米饭、面条和千篇一律的配菜——土豆。

2012 年 9 月 28 日　　　　　　支教第 32 天

周五早上第一次去学校食堂吃早餐,发现只有学生的营养餐却没有教师餐,营养餐中的鸡蛋只够每人一个。当我去办公室的时候,一个小姑娘叫住我,问我她的语文老师在哪儿,我带她来到办公室,发现她是给高峰送鸡蛋的,不得不感叹都是支教团的待遇咋就差那么多呢。

2012 年 10 月 20 日　　　　　　支教第 54 天

很受不了学校的晚饭时间——学生五点放学后开饭,此时是一天中光线最好的时刻,更是拍摄放学题材的时间,但每回拍摄回来就没饭吃,这让我觉得很拖累陪我去拍照的老谷。昨天下午五点半时匆匆赶回,得到没饭的答复,食堂大妈翻着白眼问我为何不早点来,我还不爽呢。今天全程拍打饭的过程,等到最后一碗再吃!

2012 年 10 月 22 日　　　　　　支教第 56 天

代理班主任意味着失去了吃午饭的自由,必须监督学生将饭抬回班级,分发后陪学生一起吃。监督倒还好,但是吃饭时班里总有一股怪味,闻着一点儿胃口都没有,新班主任赶紧来吧。

校园内 · 课堂

2012 年 10 月 26 日　　　　　　支教第 60 天

新班主任到了,我又恢复到一周 16 节课的状态,10 节语文和语文辅导课,2 节思想品德,2 节体育,2 节美术。我最头疼的就是美术课了,我上周试图给孩子们讲讲摄影,效果很不理想,最后我的解决方案是给定一个题目让他们自由发挥,我选出前三名奖励绘画本。

2012 年 11 月 5 日　　　　　　支教第 70 天

关于教学,我和老谷达成了共识——我认为上课时要狠一点儿,否则镇不住学生,老谷的方式则是惩罚时狠一点儿,不把错题抄 50 遍他们就认识不到严重性,所以我俩的课堂纪律还算不错。

2012 年 11 月 6 日　　　　　　支教第 71 天

抄作业这事屡见不鲜，六年级一个学生抄作文被我逮着还死犟不承认，最后愣是让我找出参考书中的原文才认错。三年级的孩子抄作业更是明目张胆，在我面前"大大方方"地抄语文作业。基本上每个班的作业，就是那么几种答案，错误的地方基本上都是一样的。

2012 年 11 月 7 日　　　　　　支教第 72 天

一年级的体育课上，我解散学生任其自由活动。体育场角落里废弃着几个篮球架，便成了几个调皮孩子最好的活动器械。我生怕他们玩闹时出现闪失，准备过去喝止，但走到跟前却发现孩子们个个身手矫健，加之松软的草地，让我觉得自己有些多虑，便驻足观看他们在玩些什么。看到我的到来，一个孩子大喊："老师，拍我拍我！"便纵身一跃从球架上蹦跳下来，在蹦跳间还做足了飞行的样子。这一跳不当紧，身旁的孩子开始排队登上架子，再一个个地蹦跳下来，我一边让他们注意安全，一边飞快地举起相机捕捉孩子们的动作。这一刻，他们是导演和演员，我只不过负责按下快门。

2012 年 11 月 9 日　　　　　　支教第 74 天

我决定改变美术课的授课内容——教折纸、做手工，一个千纸鹤的折法就可以教 3 个课时了，孩子们的兴致也明显高多了！学校的师资力量一向不足，教学侧重点是语文和数学，优先保证这些科目不缺人。若不是我们的到来这些副课会一直处于无人任教的状态。

2012 年 11 月 21 日　　　　　支教第 86 天

有些城里的孩子从一年级就开始学英语了，这里六年级的学生还不识"ABC"，差距之大注定让他们输在起跑线上，我决定每周抽调一节美术课来教英语。第一节课的效果并不理想，孩子们一脸的疑惑，表情甚是痛苦。不过这事急不得，我的目标是在支教结束时让三年级的学生背全字母表，能识得常用单词。其实今天有个更好的想法：从下届支教团开始，每批团员都带同一个班级，九年时间将这批孩子从一年级带至初中毕业，我相信这个班的学生肯定会与众不同。

2012 年 11 月 16 日　　　　　支教第 81 天

我曾试图在一年级的体育课上教孩子们队列，但是他们连左右都不分。终于，我找到体育课的诀窍了——自由活动。

2013 年 4 月 16 日　　　　　　支教第 156 天

今天举办了毽绳运动会，学校的课余活动越来越丰富，这是好事。如果学生不能在课堂上找到成就感，在学校的课余生活过得也无趣，就会萌生离开的念头，最终导致很多辍学儿童在社会上沉沦。所以将他们尽可能长时间地留在学校，不但可以保护其人身安全，也可以在此期间尽可能多地向他们灌输正确的"三观"。

165

2013年3月21日　　　　　支教第130天

这学期开学时学校建立了青少年活动中心，有音乐、英语、美术、体育、阅读和书法兴趣小组供学生选择。我和老谷负责体育，马征负责美术。体育课上我带学生打乒乓球，老谷带学生打篮球，马征有一个崭新的画室教学生绘画。

2013年5月20日　　　　　支教第190天

"记录是摄影最强的特质，却也是它最大的包袱，把事情交代得一清二楚的文章，读起来可能索然无味，把眼前的景象全框进画面，校园内的百态就成了平淡无奇的样板。"——读《人与土地》一书有感。

对孩子们来说，最熟悉的两项运动就要数乒乓球和篮球，而初中生尤其喜欢篮球。今天几个初中班级举行篮球比赛，我努力记录着当天的比赛，试图找几个新奇的角度和构图来展现孩子们在赛场上的英姿，为此出动了手中的三个镜头，但都没有留下很吸引人的画面。就当比赛结束，太阳快要落山时，初二的几个孩子在球架下玩起了"灌篮"游戏——大家托举起一人，待他手抓篮筐，再将球递上去，以此感受灌篮的快感。我来不及换镜头，抓起相机拍下了灌篮孩子的表情和动作，虽然不足以充分地展现故事情节，但是那激动的表情和众人的目光足以演绎这场山里孩子的"灌篮梦"。

校园内·课间

2012年10月13日　　　　　支教第47天

校园内的流浪狗影响了教职工休息，学生们临时成立了一支"打狗队"，让马征一阵唏嘘。

2012年10月24日　　　　　支教第58天

开学时校长曾隐晦地告诉我们孩子不好管教，需要特殊手段，熟稔后直言不讳"该出手时就出手"。

2013年3月11日　　　　　支教第120天

今天开始着手拍摄《消失在课堂上的孩子们》这个专题，上学期和这学期两次"劝学"经历让我思索很久——按照以往经验，孩子辍学往往是经济问题造成的，但如今上学吃饭、住宿都免费了，为什么辍学率仍居高不下呢？来支教前，我觉得接受教育是这些孩子走出深山的最好途径，但事实并非如此。我决定从留守儿童、民俗以及教学问题这三个方面入手。

2013年5月9日　　　　　　支教第179天

学校停电，敲锣响铃下课。相比我上学时的铃声，九年制学校的算是非常的"高端大气上档次"，不但响铃种类丰富，还是甜美女声播报。

校园内·"你的梦　我来圆"

2012年9月3日　　　　　　支教第7天

支教团一行人来到先进村小学，带了很多纪念品。这个学校有四个年级，升至五年级后，学生来九年制学校就读。当得知有礼物相送的时候，孩子们都疯狂地去抢夺，把谷云超的手腕都抓出印子了。

2013年6月21日　　　　　　支教第222天

因为六一节的节目播出后反响很好，潘娜所在的栏目组决定开设新节目《百姓关注》，关注留守儿童问题，今天节目组来学校拍摄。其实无论是他们的节目，或者是我的照片，都不可能从本质上改变留守儿童的生活现状，这是由复杂的社会原因决定的，不过也不能因为有这样想法就什么都不去做。正如我做"你的梦　我来圆"活动，并没有想去改变什么。我的目的就是对得起自己的良心，给孩子们带去点快乐，仅此而已。

2013年4月11日　　　　　　支教第151天

"你的梦　我来圆"活动，我从寒假时开始策划，清明节后启动。首先要收集全校所有小学生的愿望，这一周每天拍摄两个班的孩子，今天把最后一个班的愿望收集完了。每天拍摄是个非常劳神的体力活——首先要扯着嗓子告诉学生注意事项，写靠谱的才有希望实现；然后让孩子们书写愿望，这一环节问题百出，写的字太小、错别字太多、词不达意，都需要一个个监督修改；最后拍摄，为了不千篇一律，我会根据愿望选择拍摄场景和姿势，还有很多小细节需要注意，比如我会尽量采用俯拍，抓拍他们的表情——只有拍摄时和孩子沟通，才能捕捉精彩的表情。每天拍完我都觉得太累了不会再爱了，但第二天还要抓起相机和闪光灯去拍照。

2013年5月20日　　　　　　支教第190天

从4月19日活动微博正式上线，发布360个孩子的愿望，4月28日我收到寄来的第一个礼物，这一个月来，我基本没有在下午外出拍照。现在每天的生活轨迹是：早起取包裹，统计包裹信息，分发给对应学生，拍摄学生拿到礼物时的照片；下午四点半发当天孩子的愿望，在线回复，统计认领情况，每天如此。周末由潘娜帮我维护微博，中间有几次停电断网，就由拿着备份远在北京和郑州的朋友帮我发，5月18日线上愿望发布结束，360个愿望被认领了346个，剩下的14个我和老谷分担了。活动开始前我曾做了最坏的打算，但网络的力量很强大。今天我已经可以说活动成功大半了，只剩收完所有礼物，分发后在六一节上传反馈的照片了。

2013年4月12日　　　　　支教第152天

拍摄完毕，我说所有人把愿望举起来让我看一眼吧。全班沸腾了，大家争先恐后地举起自己的愿望，坐在后排的孩子站在桌子上，生怕举得低了我看不到就实现不了了。看到这一幕，我惊讶于自己的一句无心之言能带来如此震撼的场景，更感受到了他们对礼物的渴望。说实话，在拍摄时我一直在盘算如果有孩子的愿望实现不了怎样解决的问题。我曾考虑买一批书包文具发给他们，今天我改变主意了——要实现所有孩子的愿望。公益不必功利，网络发布时效果的好坏无所谓，只要让孩子开心，这个活动就成功了。

2013年5月10日　　　　　支教第180天

平日我只能是慈善的参与者，这次我扮演的角色是组织者。组织者与参与者最大的不同在于责任。很多陌生人将很贵重的礼物寄过来，这很让我感动，不仅如此，今天有一个从北京寄来的洋娃娃，送礼物的一家人附了便签和6元钱，告诉我不能邮寄电池，麻烦给孩子买3节。还有昨天从香港寄来的遥控车，光邮费就100港币了……这才是妥妥的正能量。

2013年5月15日　　　　　支教第185天

到今天为止我已经收到了将近200个包裹，还有近60个礼物没有寄来。在活动上线前我发了一条微博："孩子们的愿望真的很容易实现，我们大可不必用成人世界的思维去复杂孩子们天真的想法。"但事实上认领礼物的好心人还是给予了太多。有的孩子的愿望是一架玩具飞机，收到的却是一架遥控直升机；还有一位广州的好心人只认领了一支钢笔和一个文具盒的愿望，却寄来了三箱全新的文具，我开玩笑说这些文具够武装两个班了。前一阵雅安地震"红会"又被骂得很惨，现在我很有感触，因为有时候收到的东西太赞，支教团员都会羡慕。还记得第一次收到遥控直升机的时候，我们几人都在感叹："活这么大还没玩过呢。"如果没有定力或者接收的东西太有诱惑力，慈善的组织者自然会把持不住，所以还是富人做慈善靠谱。

> 4月25日　愿望2
> @谁不说俺小熊呆
> 代表沫沫妹妹
> （电池不让邮寄，麻烦帮小朋友买3节5号电池，谢谢！）

2013年5月27日　　　　　支教第197天

近几日，孩子们总以看圣诞老人的目光向我投来注目礼。每天发礼物的包裹很大，我一声令下就会有成群的孩子帮我运包裹，仿佛自己的礼物就在其中。很多孩子都会缠着老谷问自己的愿望实现了没，我和老谷还总以礼物"要挟"那些表现不好、不交作业的学生。而且，现在行走在校园内，基本上每个孩子都会主动凑上来跟我打招呼，我太享受这种感觉了。

2013年5月28日　　　　　支教第198天

如今学校里有了数量可观的遥控车和遥控飞机，教会孩子们操作这些新奇玩意儿，还要玩出新花样不是——直升机定点起飞过障，遥控车跑圈计时赛……To Infinity and Beyond.

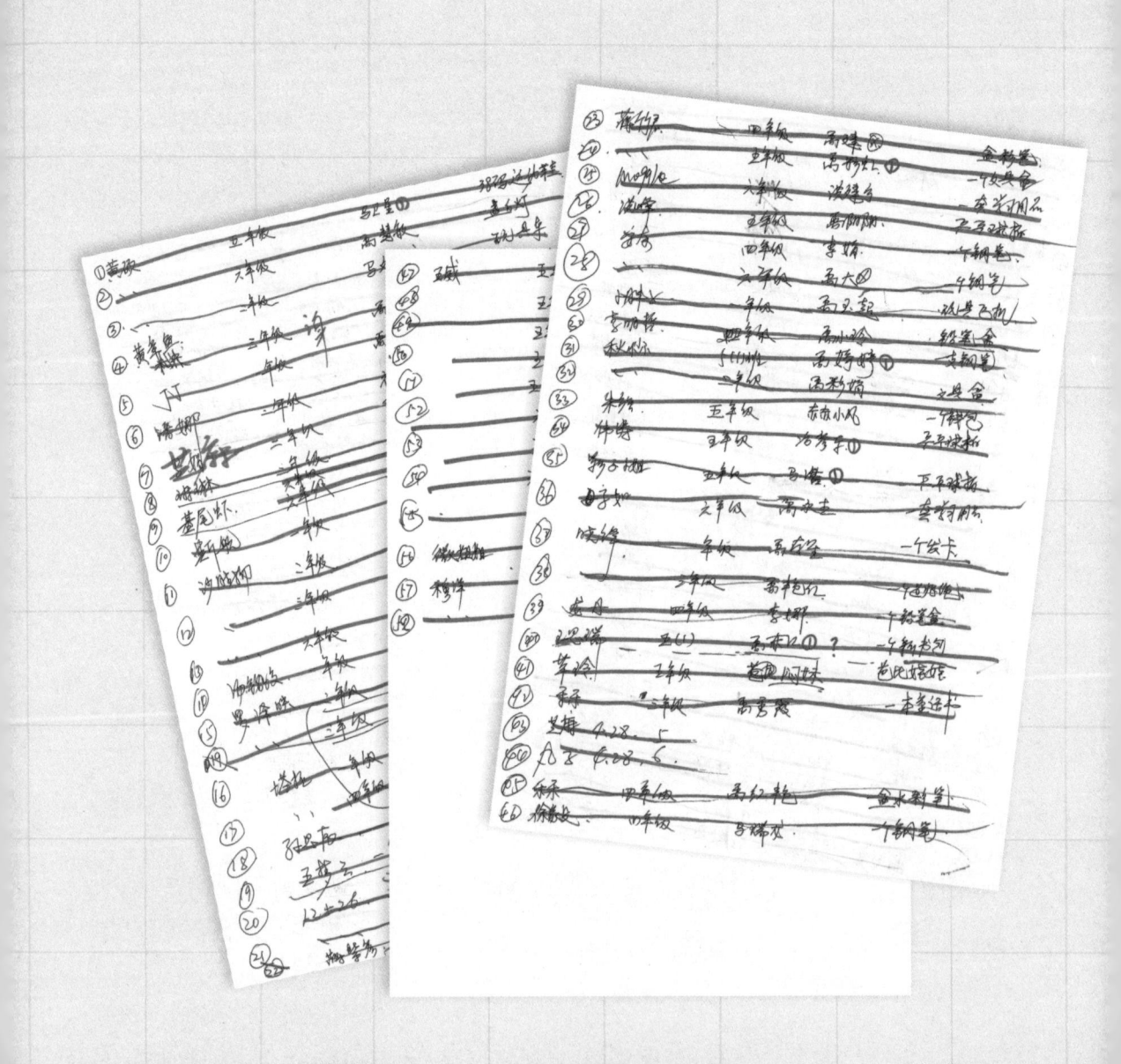

2013年5月27日"你的梦 我来圆"活动礼物发放清单

校园外

他们的童年没有精致的玩具也没有新潮的电子产品，就地取材，林中嬉戏，快乐并不会因所处的环境而打折扣。过着这样简单的日子，本可以无忧无虑地生活，而他们却不免要承受家庭生活的重担。孩子们清澈的瞳孔中，常能看到与年龄不相称的成熟。
　　……

2012 年 12 月 3 日

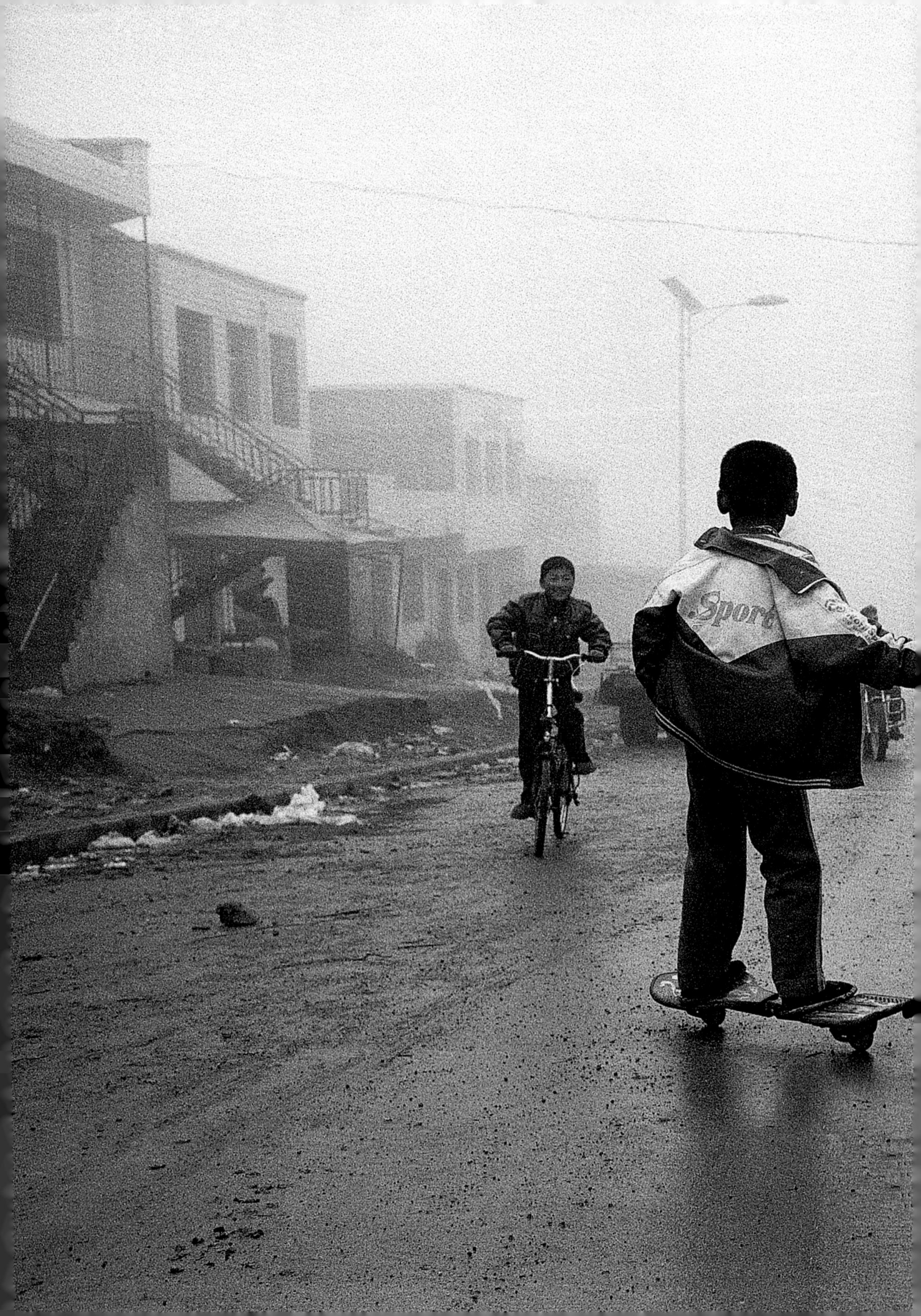
Sport

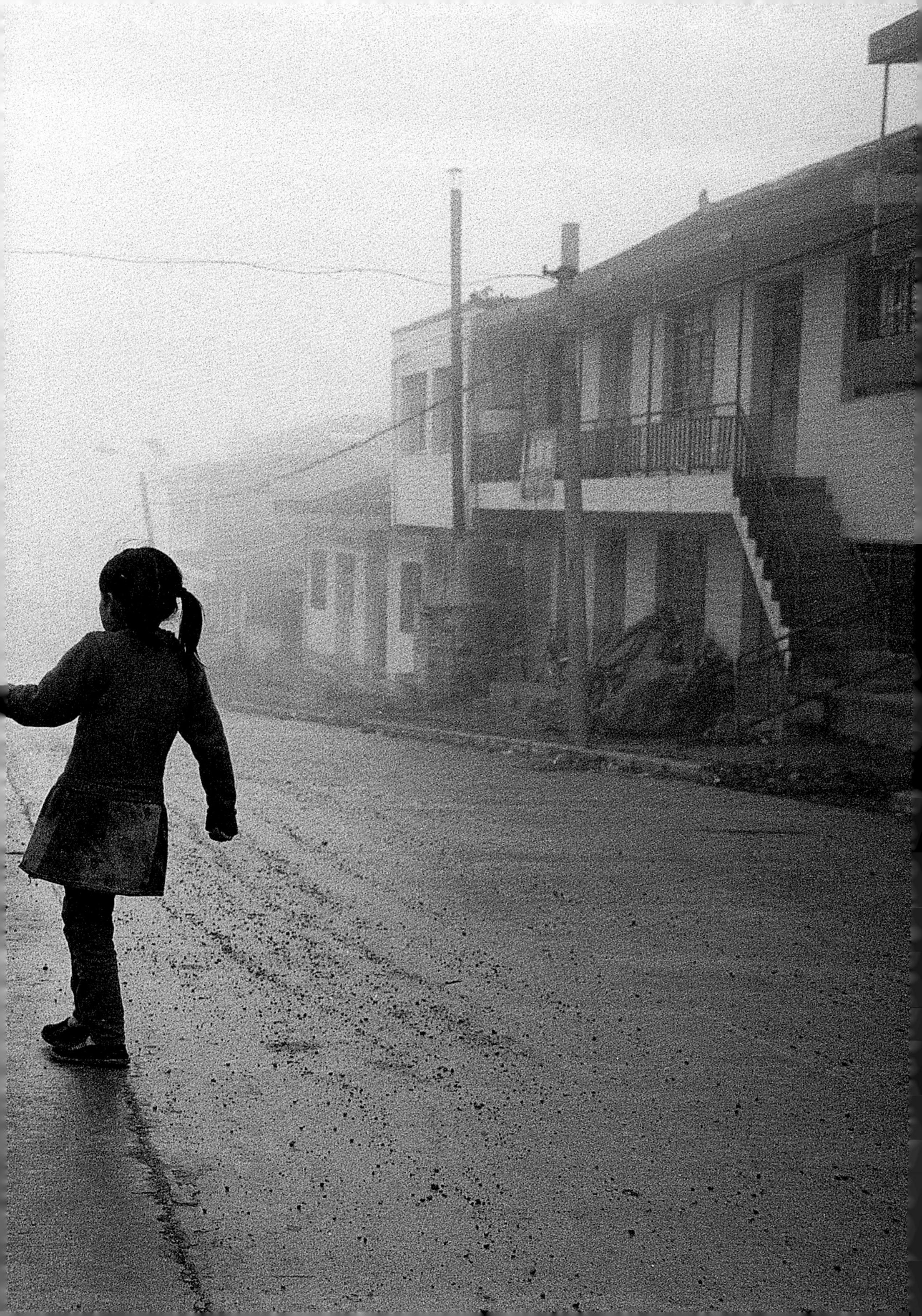

前页 2012 年 10 月 25 日　/　本页 2012 年 10 月 30 日

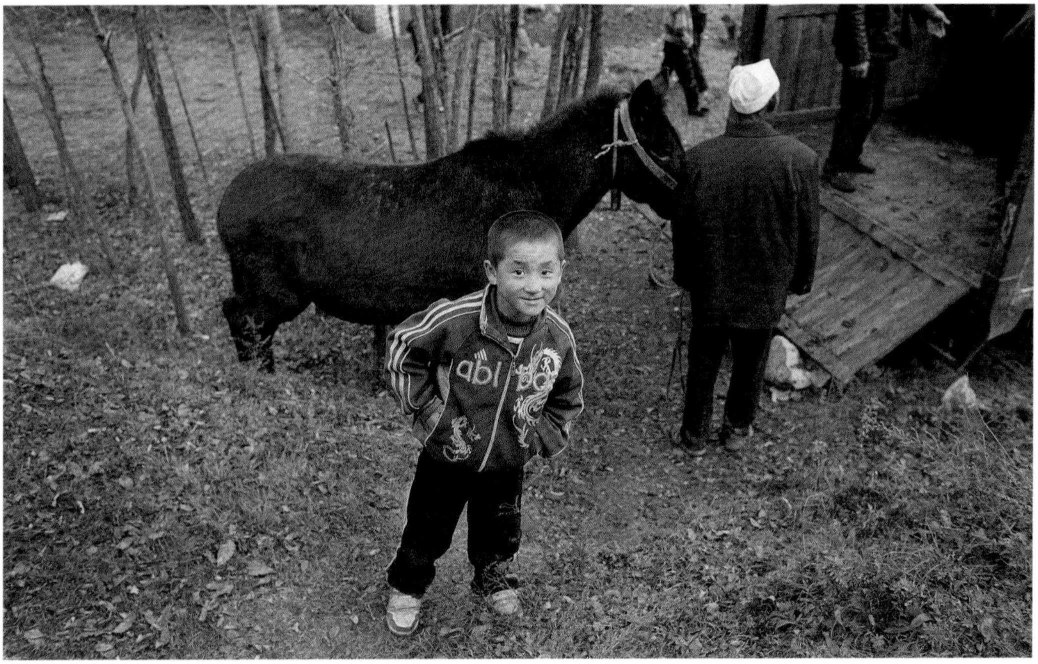
abl

2012年11月23日

2012年11月24日 / 2012年11月28日

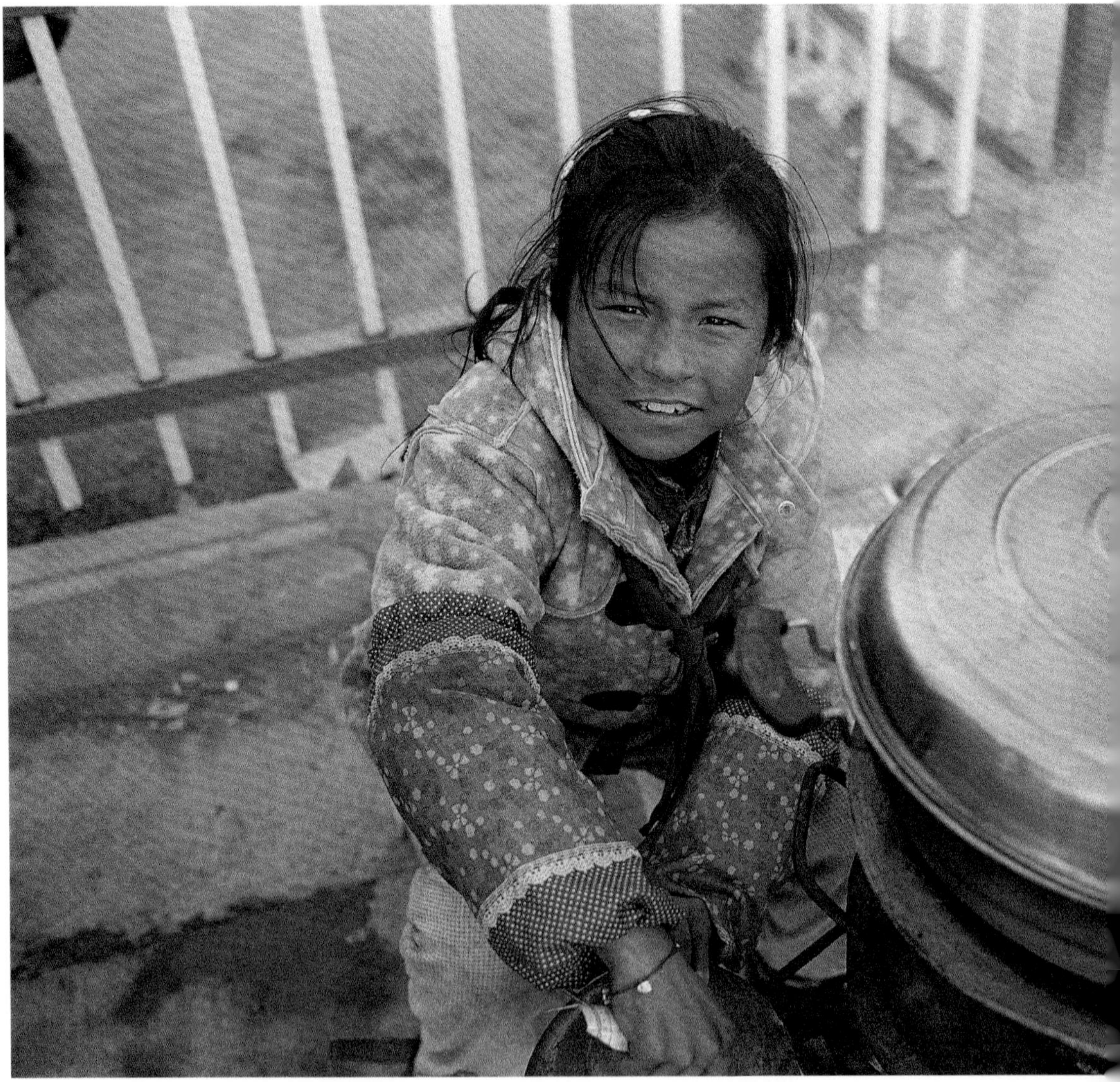

2012年12月4日

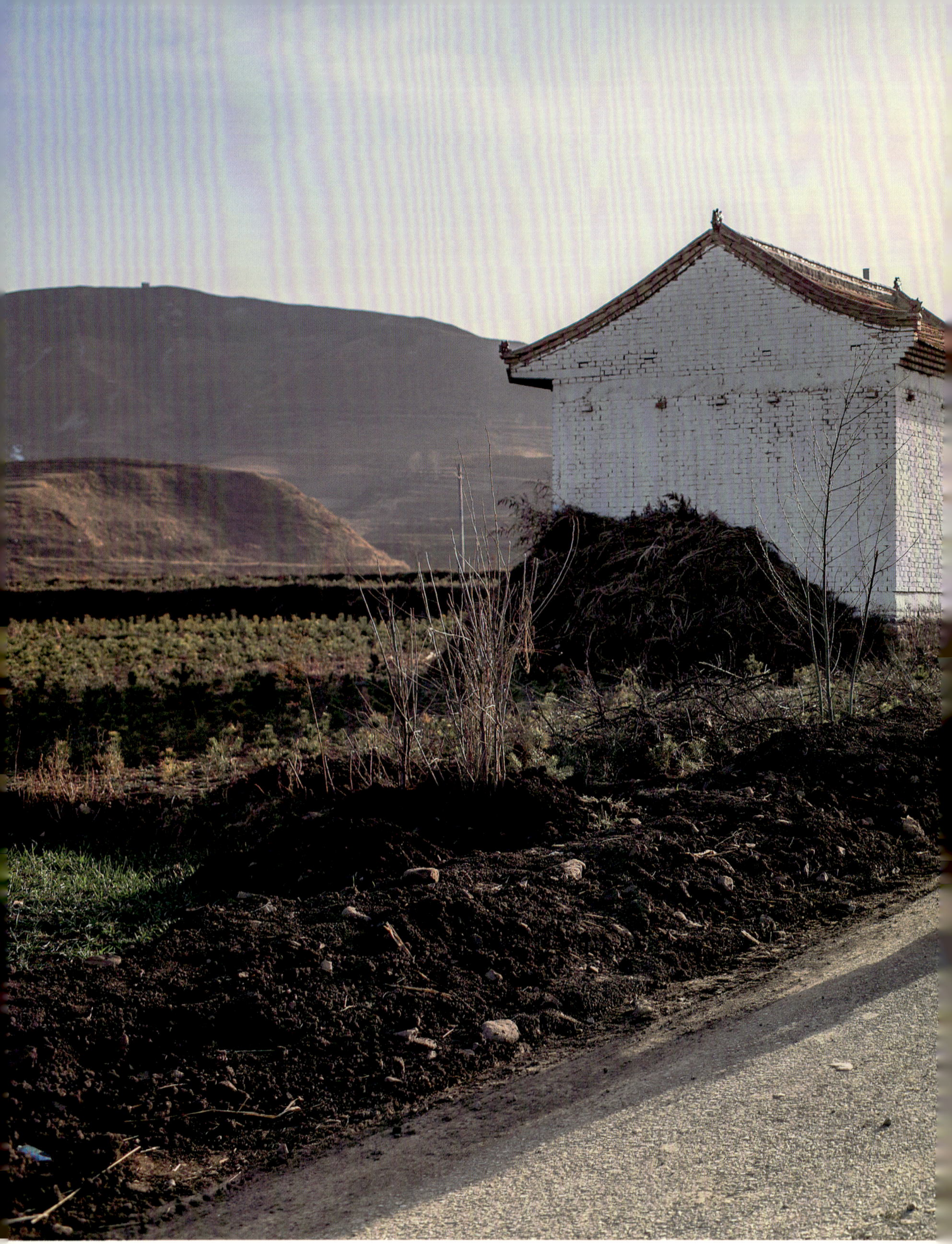

2013年3月26日

2012年11月20日

2013年5月11日

2013年5月2日

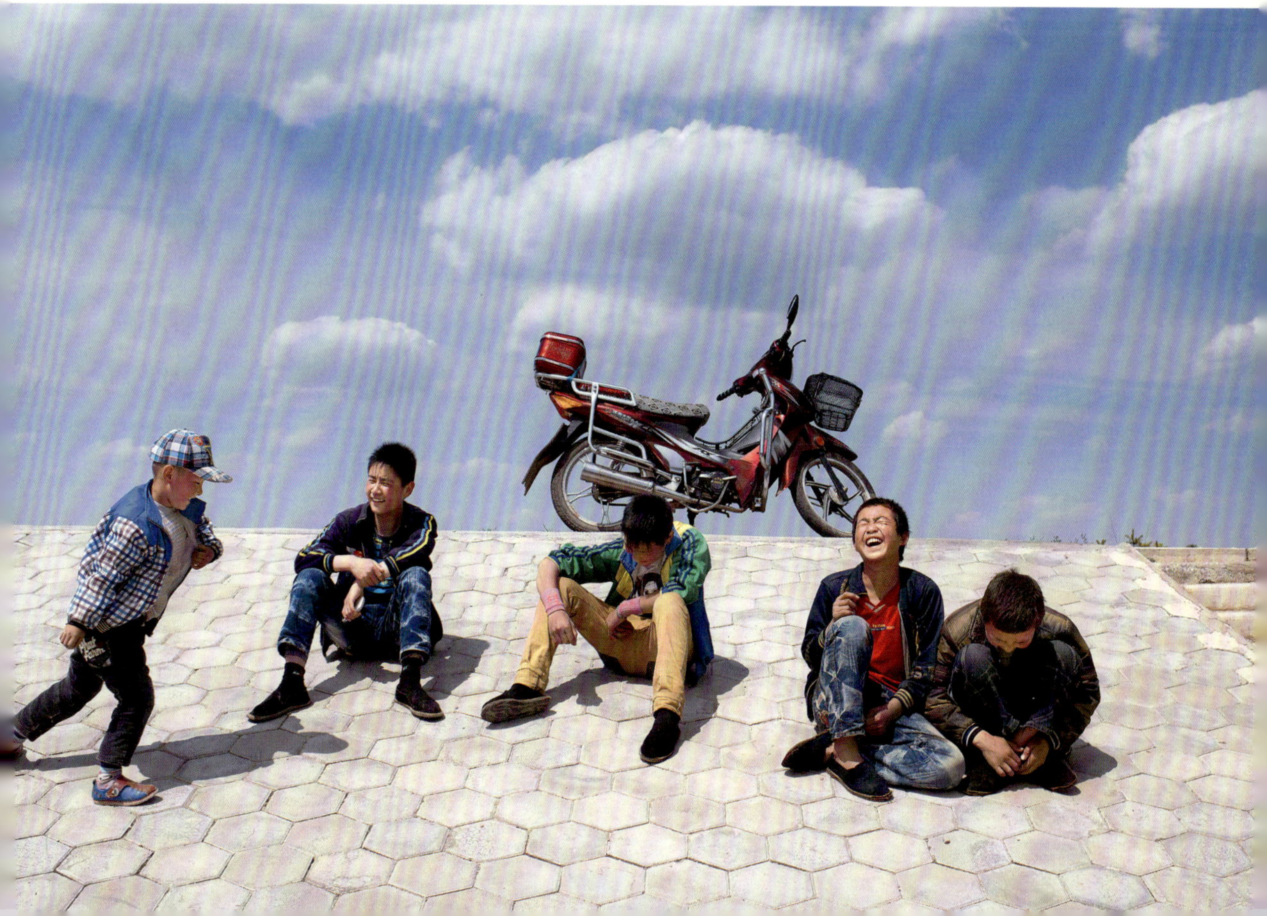

2013 年 4 月 27 日

2013年5月25日

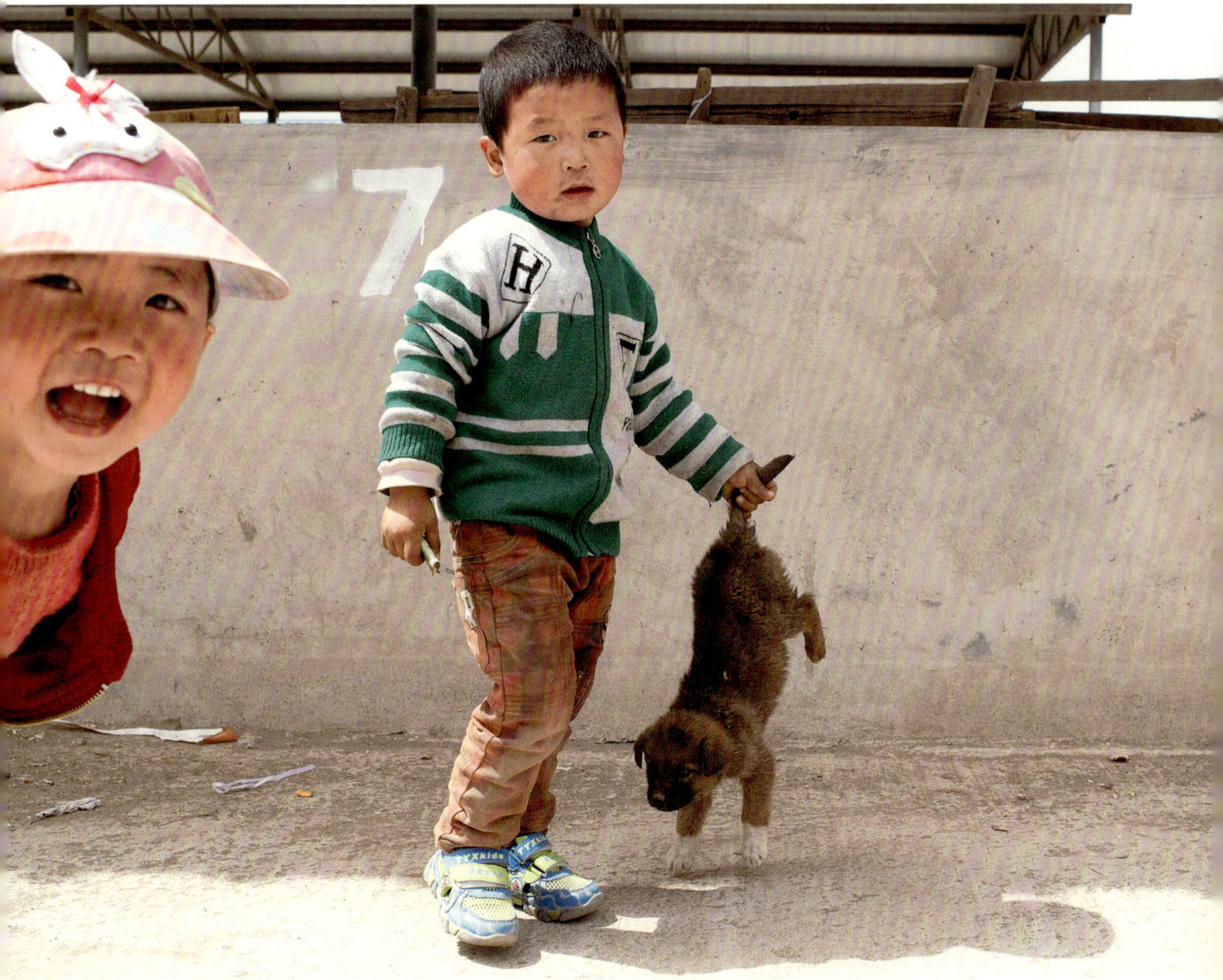
7
H

2013年4月16日

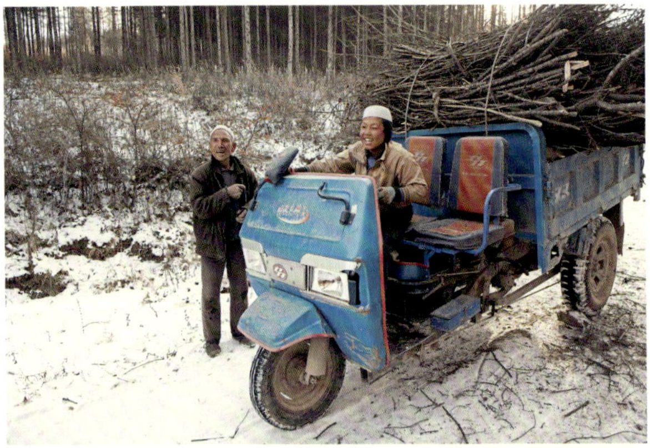

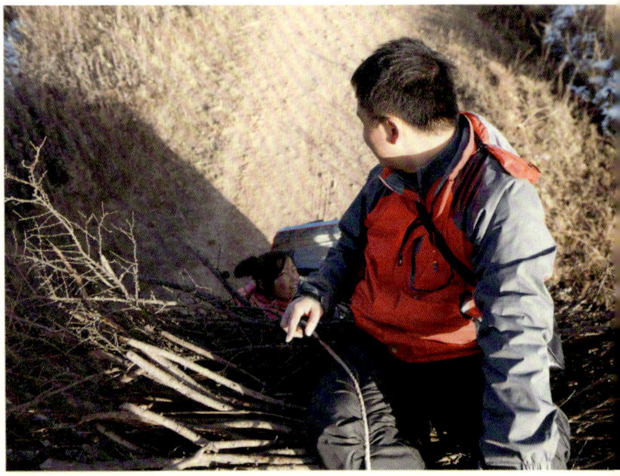

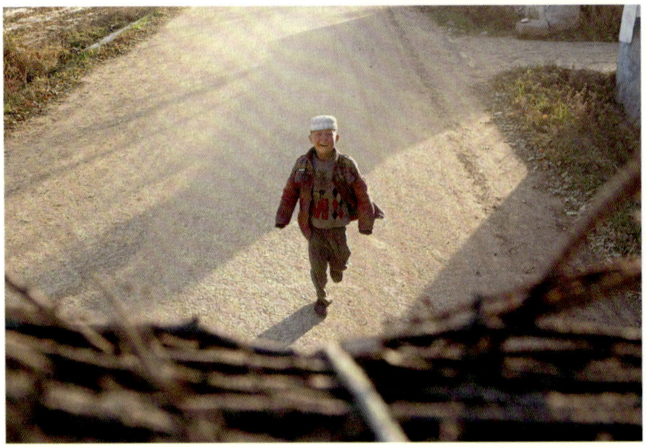

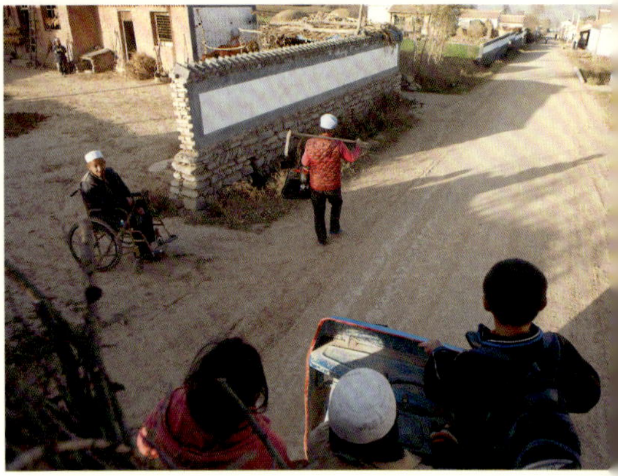

2012年11月4日

2012年12月3日

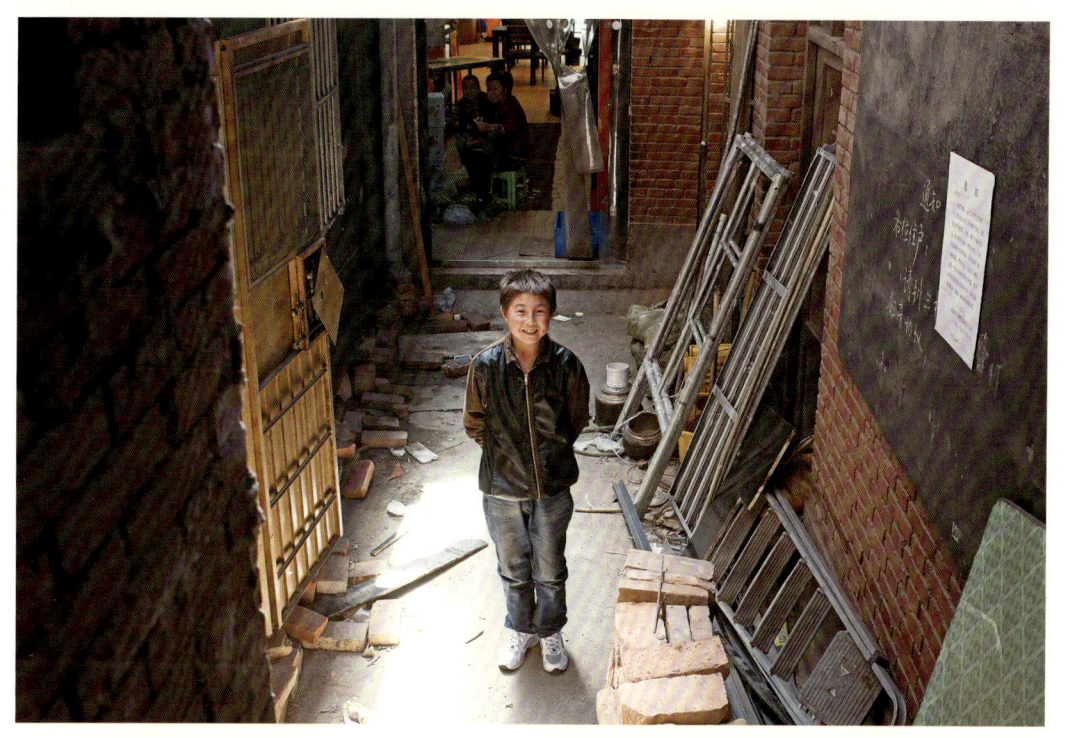

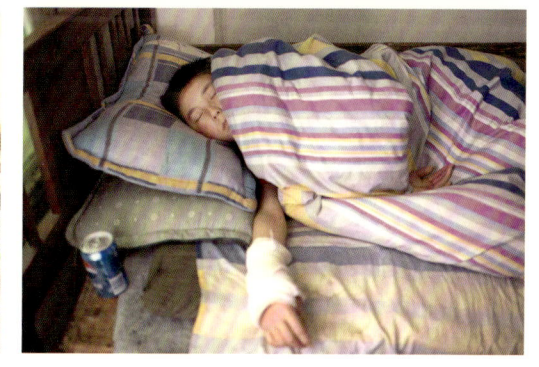

2013年4月7日

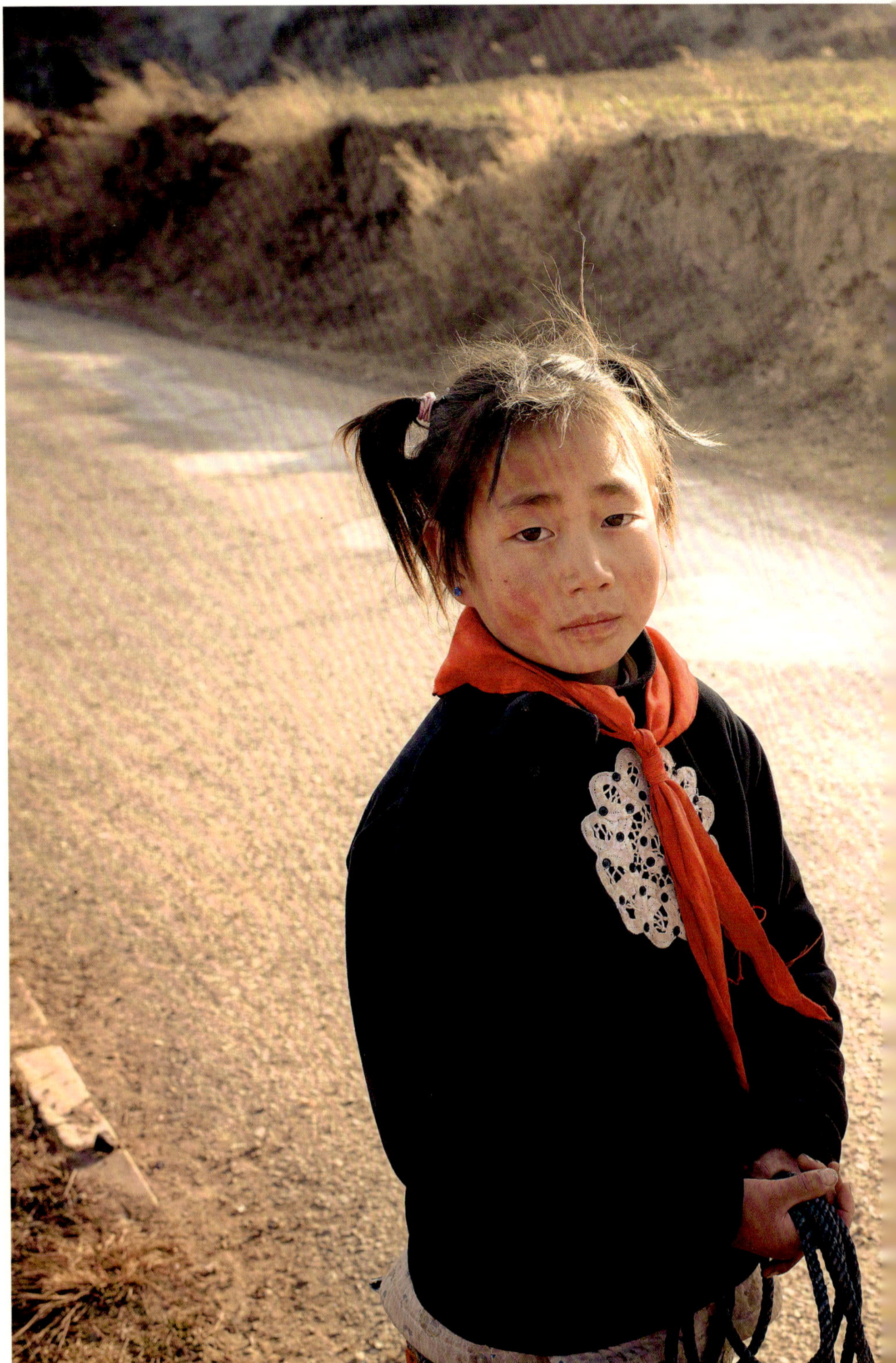

2013年3月4日

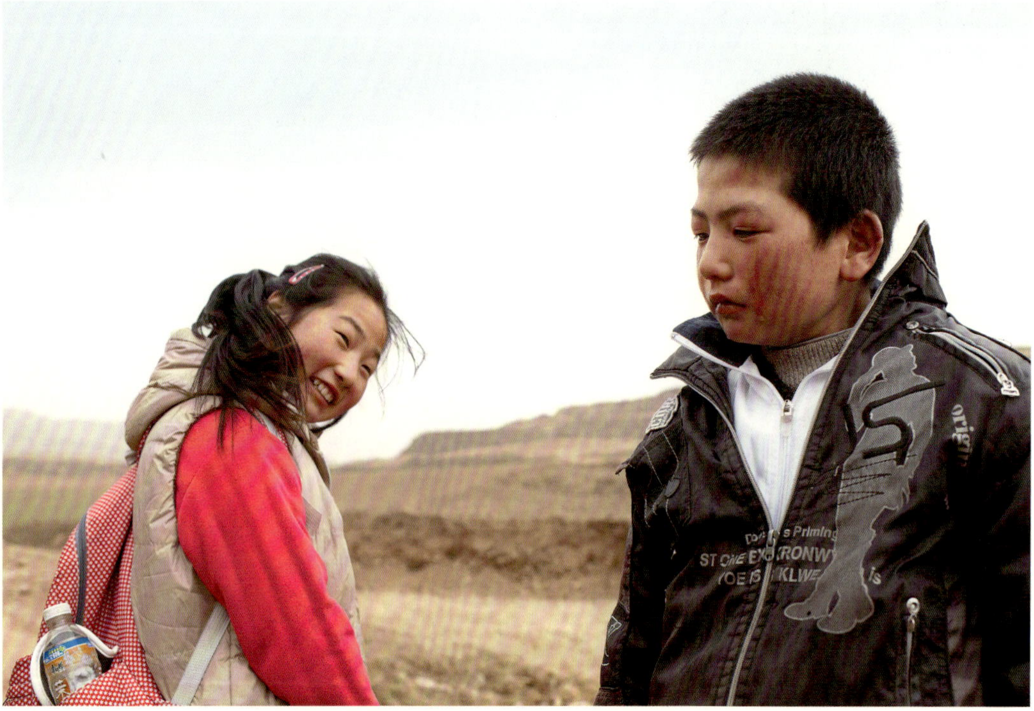

2013年3月10日

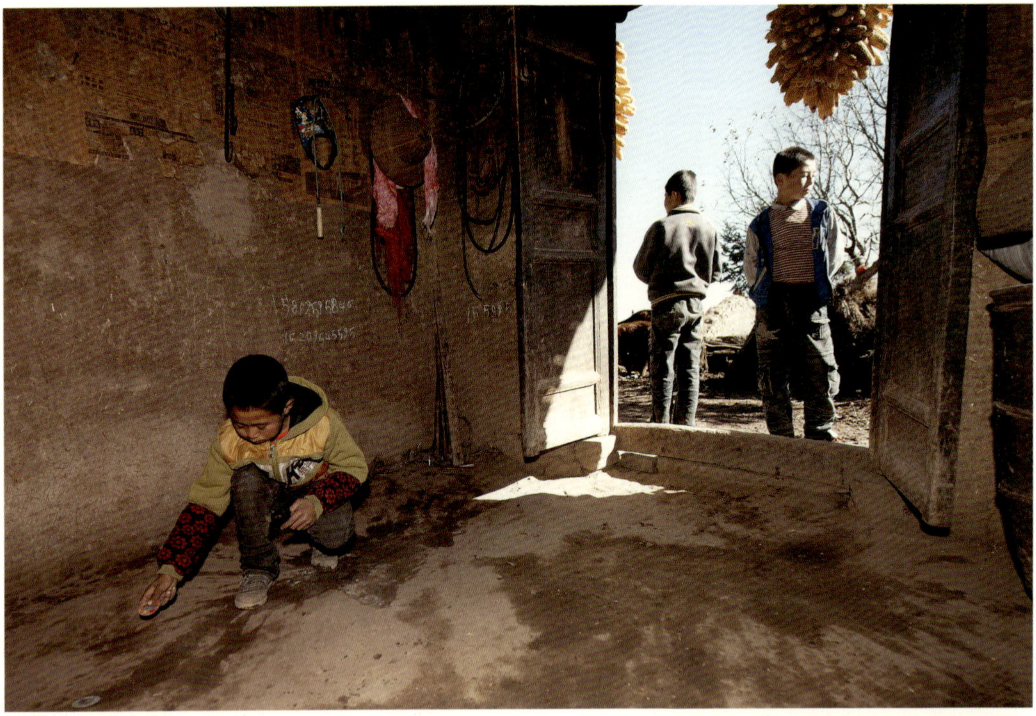

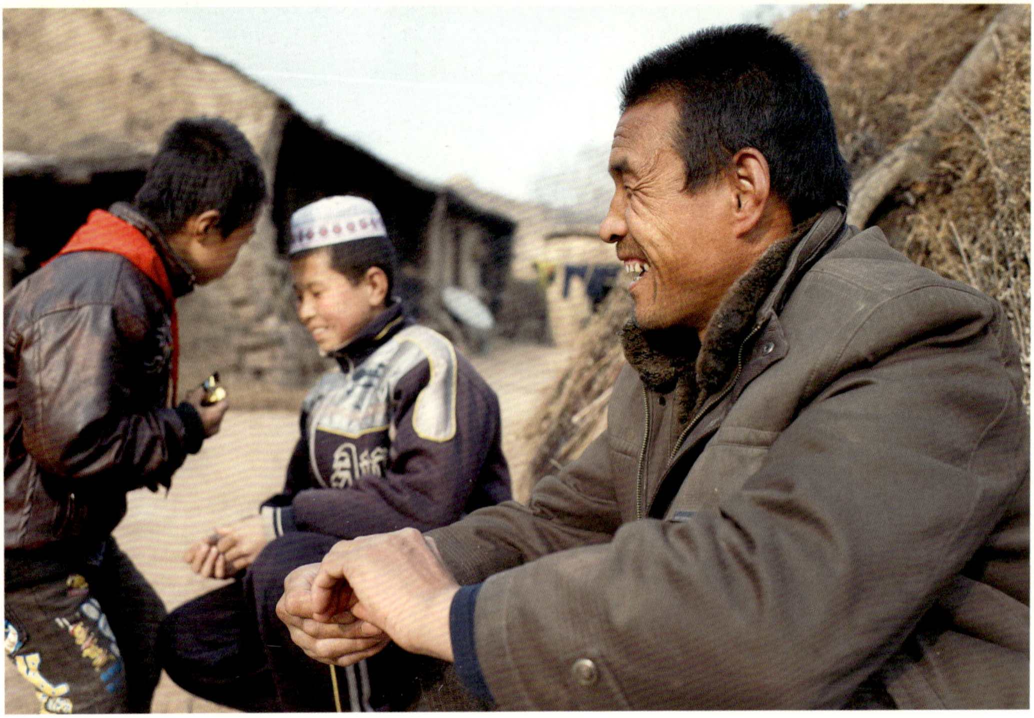

2013 年 5 月 25 日

2013 年 5 月 26 日

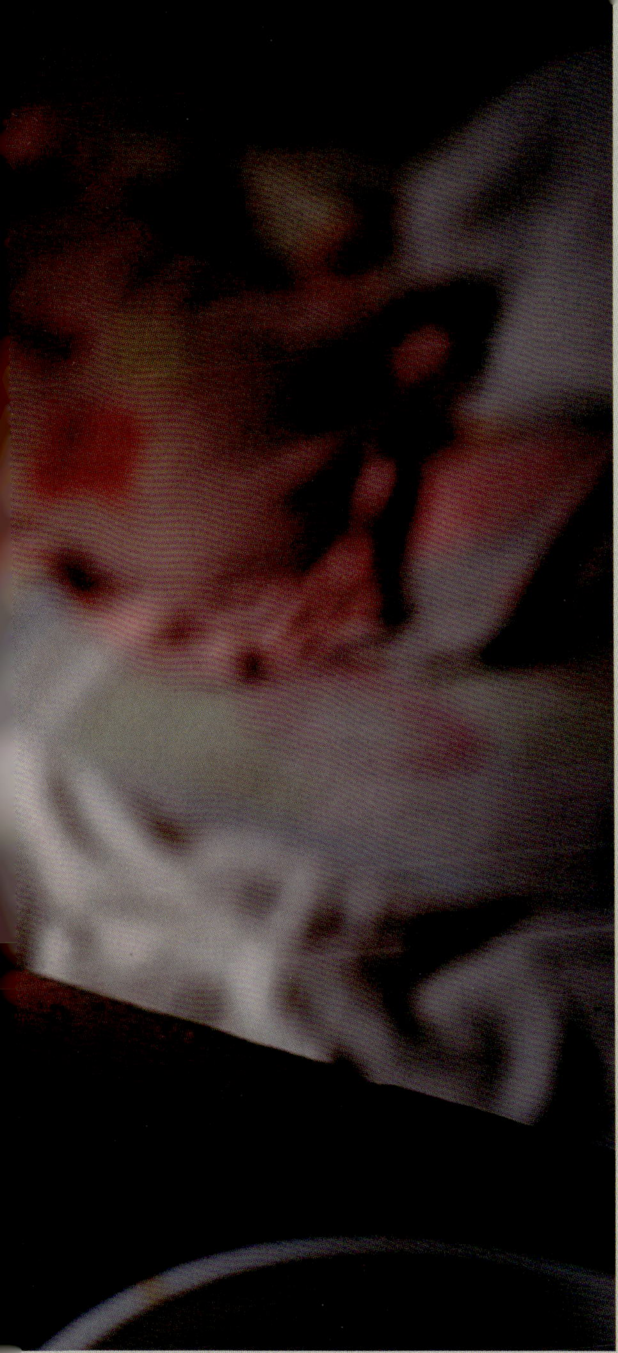

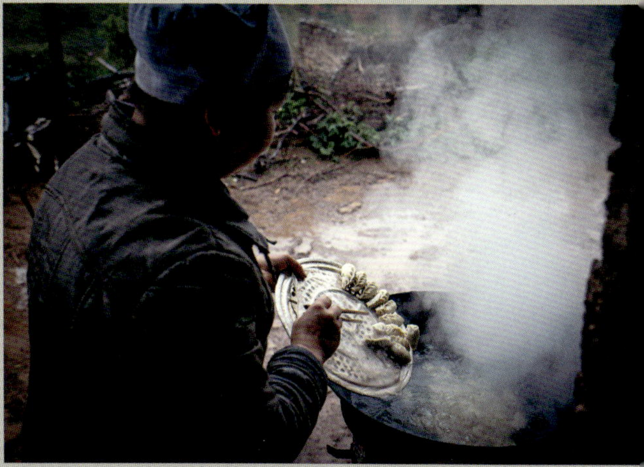

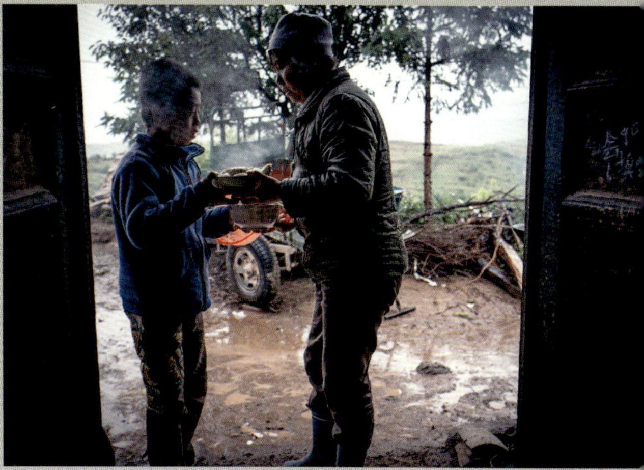

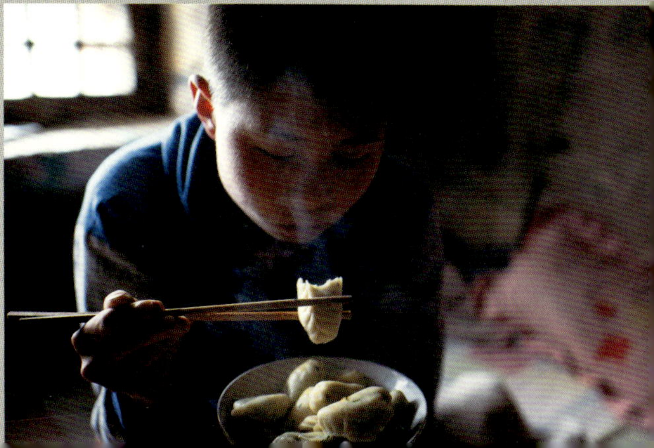

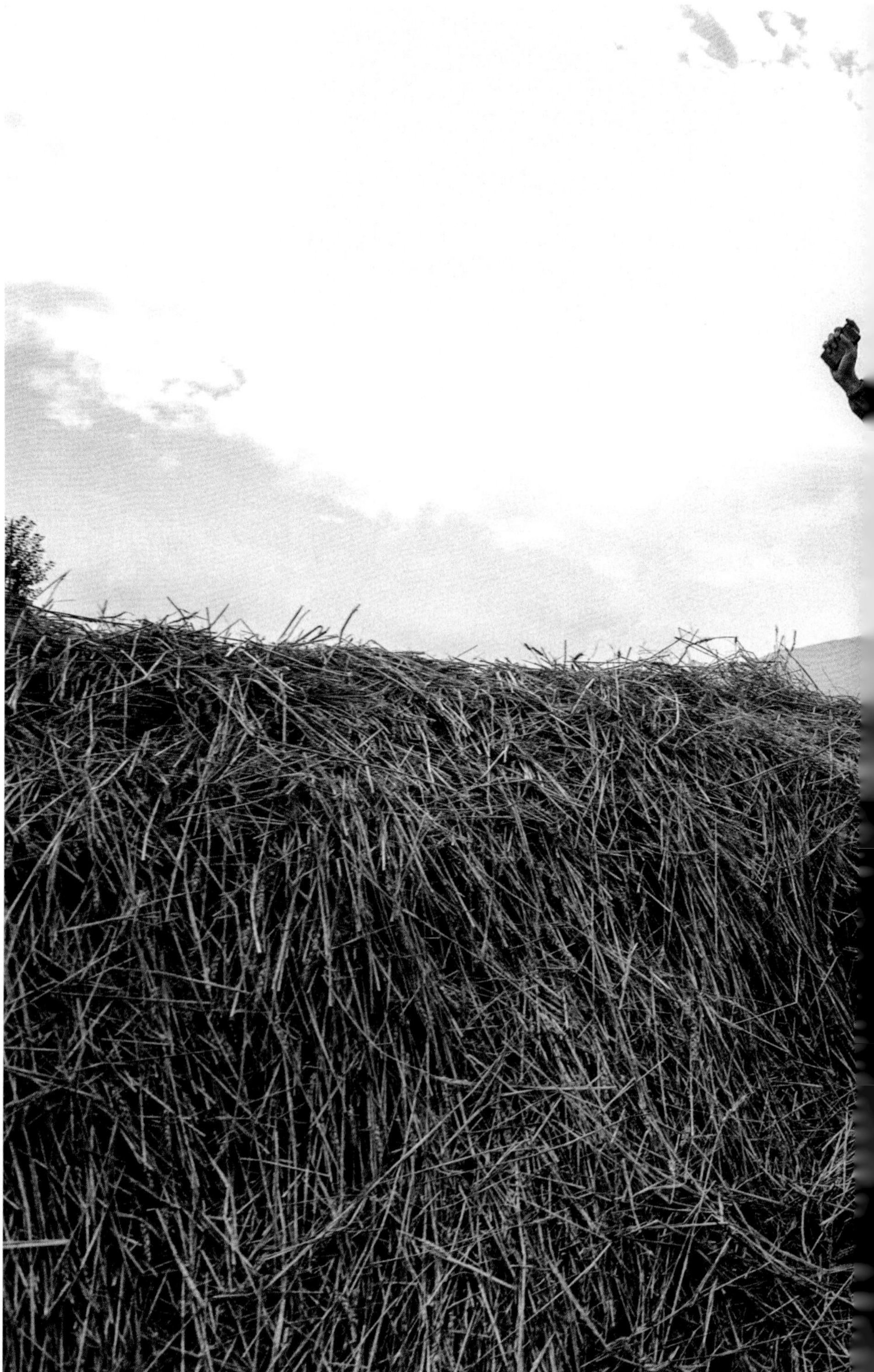

2012年9月23日

2013年3月6日

2013年5月22日

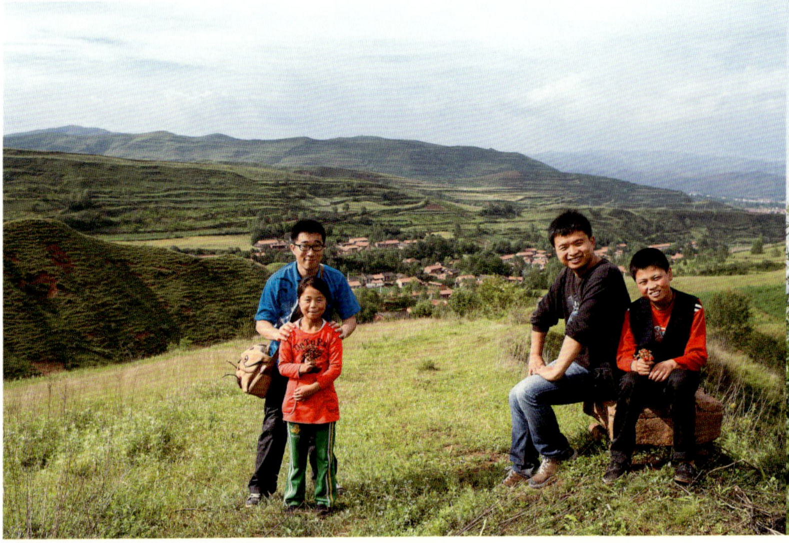
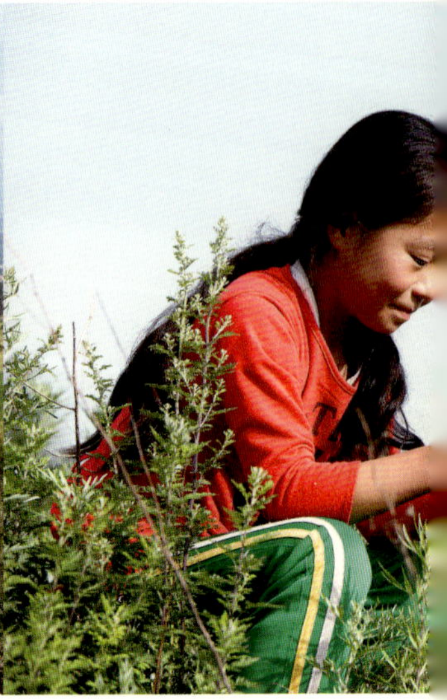

2013年6月22日

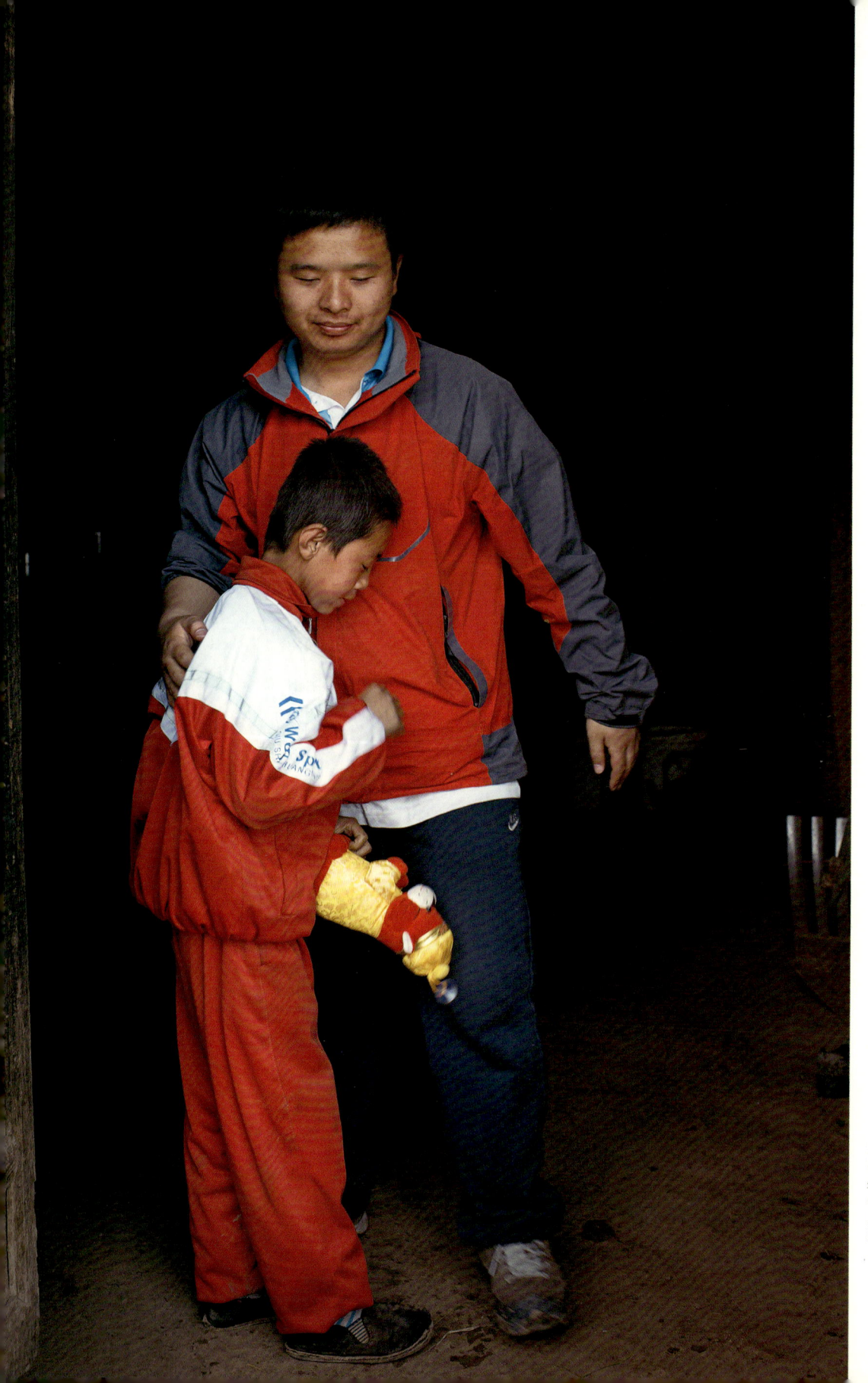

2013年5月27日

校园外·童年

2012年11月1日　　　　　支教第66天

陪杨永杰回家的路上，我问他读完六年级后的梦想是什么，他告诉我想去县城读初中，我接着问他如果考初中落榜了呢，他告诉我能出去闯荡也行。新民乡这个年龄段的孩子，都迫切地想离家闯荡一番，而我，这个已经23岁的青年人，此时此刻最想做的却是回到温暖的家中。一个离家，一个回家，并行的两人相左的心情。

2012年12月3日　　　　　支教第98天

九年制学校的孩子分走读和住宿，因为宿舍紧张，附近村庄的孩子走读，而比较远的村庄如石沟阳洼、花崖沟、石咀村的都可以选择住宿。

家住石沟阳洼的马彩艳姐弟俩上学必须徒步翻越一个山头，跋涉两条溪流，经过4公里的土路和6公里的公路才能到学校。因此他们选择在学校住宿，周末回家。

2012年10月25日　　　　　支教第59天

我以为早恋什么的跟这些纯洁的孩子是无缘的，没想到在这点上我错得很厉害。这里的女孩出嫁早，成熟也早，男孩子还好。不过他们曾几次询问过老谷和高峰他们的媳妇长啥样。

2012年10月30日　　　　　支教第64天

一直说乡下人"野"，这种野性虽然有时体现在粗鲁无礼，但这也是一种动物凶猛的野性体现。城中长大的我们从小被教育文明守礼，尊崇儒家的思想，但也无时不刻不在磨掉自己的野性和血性，读了二十年书以致书生气太重，少了锐气和勇气。而这种区分，怕就是从童年的不同所开始的吧。

2012年11月23日　　　　　支教第88天

大雪山归来的路上，与几个玩耍的孩子相遇，习惯性地举起相机跟拍他们的举动。所不同的是，往往孩子们看到我都会飞快地跑远，然后试探性地回望，确定我不再拍他们之后才慢慢地向我靠近。今天镜头前的五个孩子却一反常态，大大方方地让我拍，如此摆拍倒是让我突然失去了兴致。因为我非常喜欢孩子们在我镜头下自然不矫饰自己的画面，也为此颇费一番功夫去捕捉这一刻。孩子们主动让我拍摄，无非是想看看自己在镜头下的模样，这时候他们会摆出一副小大人的姿态，傲视镜头。这种"装熟"的表现倒也让我捧腹，乐得帮他们记录下这一刻。其实无论是摆拍还是抓拍，都真实地记录下童趣和天真，有缘再见我会送给他们冲洗出来的照片。

2012年11月24日　　　　支教第89天

今天坐车从县城返回，我选择在离学校还有5公里的马河滩下车，这一片景致我观察了很久，有峭壁、树林、河流，颇有秋日的西伯利亚风情。今天光线极好，下车后碰上几个孩子在自己的"坐骑"上玩耍，忍不住拍摄了一整卷，因为我觉得那辆车特别像卡尔·本茨的第一辆汽车。

2012年11月28日　　　　支教第93天

游走在杨堡村的小土道时，看到几个孩子玩得起劲，大冷天的连外套都脱掉了。从老谷口中得知这种游戏叫"打纸炮"，很像我小时候玩的"砸王牌"。其实在新民乡的见闻总会让我觉得似曾相识，细想之下，是因为这里比外界落后了十余年才总让我有回到过去的感觉。有些时候落后也并非坏事，就像如今城中孩子的娱乐方式已经完全电子化，这种人机交互的娱乐方式却造成了人与人交流的隔阂，乡下的孩子却完全没此顾虑。于我来看，新潮的玩物什么时候体会都不会过时，但有些快乐，童年没有经历就再无法体验了。

2012年12月4日　　　　支教第99天

今天的集市上第一次见有人卖饺子，酸汤水饺4元一碗，果断买了两碗吃，虽然味道和家中差得挺远但也相当满足了。卖饺子的妇女是一个三年级学生的母亲，女儿就在旁帮着拉风箱。其实新民乡做生意的基本上都是学生的家长，但没给过我们什么教师友情价，倒是刚来时到门市部买洗洁精和饭缸还被抬高了要价。

2013年3月26日　　　　支教第135天

今天的夕阳很美，和老谷漫步在西贤村的道路上，一个孩子骑着崭新的自行车从身边驶过。在新民，摩托车常见，自行车却极少见，我拍下这个难得的画面后想叫上孩子来个特写，结果我越是努力追赶，孩子越是加速驶离，还不时回头冲我做鬼脸，很气馁。

2012 年 11 月 20 日　　　　　支教第 85 天

孩子们课余最流行的娱乐活动就是打弹珠，在门市部 1 毛钱就可以买一个小弹珠。老谷很精于此道，要不是觉得不好意思，我估计他能把全校大半学生的弹珠都给赢过来。

2013 年 5 月 11 日　　　　　支教第 181 天

孩子们在学校还不想用功学习，课下就更别提了。基本上都是草草把作业应付了就剩下大把玩耍的时间。这样倒也让他们的童趣得到了最大的释放，没有作业，没有压力，田间地头像少年啦飞驰，这才是童年。

2013 年 5 月 2 日　　　　　支教第 172 天

走出校园脱下校服，孩子们是我的老师，他们是新民乡大地的主宰。飞禽走兽，山洼溪流，他们如数家珍。在属于他们的世界里，我会和他们称兄道弟，也就在这个时候，才最容易走入他们敞开的心扉。

2013 年 4 月 27 日　　　　　支教第 167 天

下雨，无法室外活动，马会宁和弟弟只好在屋内与猫咪玩耍。雨停后一挑扁担的农夫上山卖东西，我挑了两个盒子枪送给兄弟俩，一是想送给他们个像样的玩具，二是中午会宁的妈妈为我们炖了一只鸡，实在过意不去。

2013 年 5 月 25 日　　　　　支教第 195 天

驻村时与马会宁兄弟一同看电视，与我们小时候一样，这两个孩子对电视节目相当上瘾。如果换我是他俩的话，肯定借着这个机会赶紧问问平时不会的习题。但是无论我怎么叮嘱，从来没见过两人在家写作业。

2013 年 4 月 16 日　　　　　支教第 156 天

今天在集市上看到几个小孩在玩流浪狗，我并没有制止而是一直在拍照，直到小男孩做得过分了，才拍了一下他的脑袋，结果他恶狠狠地盯着我，仿佛我做了什么大逆不道的事。孩子们并没有太多的玩具，所以流浪猫狗成了他们免费的好玩意儿，小孩子下手没轻重，塑料玩具都是很容易被弄坏的，更何况小狗。

校园外·自立

2012年11月4日　　　　支教第69天

新民乡迎来了2012年的第一场雪，我撺掇老谷和我一起爬上大雪山。雪地泥泞，我们精疲力竭时，看到初一学生李鹏与爷爷上山拾柴，就搭他们的便车下山。山路颠簸，我和老谷坐在车斗的柴堆上体验了一把最奇特的"搭便车"。新奇还不止于此，14岁的李鹏是驾驶员，我肯定他没有任何驾照，但是驾龄不短，从雪山到家中的大段山路上，无论路况泥泞或陡峭逼仄，他都驾驶得轻描淡写，倒是我俩一路提心吊胆的。

2012年12月3日　　　　支教第98天

上学前母亲为马保宁和马会宁准备衣服、书包，塞给每个人10元零花钱。"这周算是大方了，平时一般5块7块的。"保宁如是说。如果学校停伙，那么这些就是饭钱。

2013年4月7日　　　　支教第147天

"再次见到马保宁，他已经辍学随舅舅赴西安打工。当我在充满异味的宿舍找到他时已经日上三竿，回民街的吵闹声和我的快门声一点儿没影响他——15岁也该是嗜睡的年龄。手臂上的绷带格外醒目，后来得知这是昨天在后厨打杂时被油锅烫伤的。照相的时候他还是倔倔的样子，但学会了僵硬的笑。我把之前洗出来的他的父母和兄弟的照片送给他，估摸着这个场景会催泪，没想到他只是认真地看完收好，平静地说福宁长高了。离开前经过后厨时他要求我再给他照一张，他将烫伤的胳膊背在身后，称不希望父母看到自己的委屈。每学期都会有孩子从课堂上消失，混入进城务工的人流中，或许他们看到了自己的同龄人打工后拥有了手机新鞋，但他们未必看到那些在异乡打工孩子的苦与泪。"——《消失在课堂上的孩子们》

在过去十年间，国家在宁夏投入了大量人力、物力搞教育建设，无论校舍状况还是从业教师的水平都有了长足的进步，现在已经能基本保证所有适龄儿童入校学习，学生流失的情况，也在逐年好转。但少数民族的风俗习惯和村民的守旧思想难以改变，宁夏地区的特殊性和经济发展的落后使得教育的改善仍需时日。

2013年3月4日　　　　　支教第 113 天

走在去花崖沟的路上，迎面而来四头牛，赶牛的是先进村小学的一个女娃娃，看得出刚刚放学的她正在帮家人分担农活。来支教有大半年时间了，我还是头一遭见识到年龄如此之小的孩子在放牛。夕阳的余晖下，她淡然的表情和牛儿顺从的样子始终萦绕在我的脑海中，写日记时我不由得感叹出一句"穷人的孩子早当家"。

校园外·情感

2013年3月10日　　　　　支教第 119 天

摄影给了我介入孩子们生活的正当理由和合理动机，但通过相机看世界，也和世界产生了距离。更多的时候，我都在扮演一个观察者，与此同时，老谷却完全没有隔阂地融入到孩子们的生活中了。

今天家访中，弟弟非常调皮地捉弄姐姐，还对老谷出言不逊。从邻居口中得知弟弟在家素来无法无天，我有些生气，出手教育了弟弟，一是为姐姐鸣不平，二是不想纵容小孩子如此无礼。看到平时作威作福的小霸王哭了，姐姐在一旁笑呵呵地安慰着。但是当弟弟平复后，姐姐并没有表现出我预想中的高兴，还有些躲闪着我。老谷解释道，姐姐虽然有时受欺负，但并不记恨弟弟，因为父母不在，姐弟俩甚至有相依为命的感受，当弟弟受欺负，姐姐也会感到一定的伤害，这就如同敌我矛盾和内部矛盾一般。

2013年5月25日　　　　　支教第 195 天

马保宁、马会宁、马福宁三兄弟在新民乡的同龄孩子中无疑是幸福的，虽然家境一般，但他们的童年是由父母陪伴着度过的。这其中老大马保宁无疑是三兄弟中承担最多的，孩子们的父亲告诉我，因为无法同时抚养三个孩子，保宁就让他舅舅带着成长，希望他以后能在西安立足，两个小儿子则由他和老伴攒钱，为其娶妻置地。我突然意识到，在西安时把父亲看着两个弟弟玩耍的照片送给保宁，很可能是一种伤害。如今，两个弟弟在家中相处得很好，开心的时候他们似乎忘了自己还有一个远在西安的哥哥忍受思乡之苦。我问会宁想哥哥不，他告诉我不是很想，哥哥平日也不联系他们，不过小学毕业后，妈妈会带他去西安找哥哥玩，他更期待着去大城市开开眼。

2013年5月26日　　　　　支教第196天

周末回家，母亲给马会宁做的纯韭菜馅的水饺，配上自家磨的辣椒油饱餐一顿。我也有幸分得一碗，虽然没有一点儿肉馅，却是我吃过的最香的饺子，不好意思再多吃一碗。

2012年9月23日　　　　　支教第27天

和禹文倩的相识很有戏剧性，谷云超在等待找零时和一个初中女生聊天，就约定好了周末去该女生家中看看。本来只有我和谷云超的两人家访，却演变成支教团六人的集体行动，颇有"鬼子进村"的架势。好在禹文倩的家人很热情，大家与孩子们玩得也尽兴。

午饭前我们发现了一垛蓬松的玉米秆，众人情不自禁地趴上去享受温暖的阳光。当我拍摄马征跳跃的时候，禹文倩最小的弟弟闯入镜头奔跑而过，拍摄后我本想责怪小孩子破坏画面，但人与人的相遇这样的偶然就被如此定格为永恒，画面的意义完全改变，这就算是缘分吧。

2013年3月6日　　　　　支教第115天

下午老谷去县城，例行的巡山时间叫上高峰和马征。在古树下与小彤相遇，玩闹后大家都累了，索性坐下来休整一会儿等待日落，拍下了这张照片。

今天和两位摄影前辈聊我的影像，有几点忠告给我：1. 写诗，功夫在诗外——照片反映的是一个人的阅历和思考深度，捕捉不到灵魂是我还无法透过现象看本质；2. 多读书，尤其是与农村、支教题材相关的作品，汲取灵感；3. 想要表达情感，先要明了自己的情绪，再有意识地寻找能承载这些情绪的画面，摁下快门。人文照片不仅仅只有记录的功用，如果一张照片能不局限于对时代和场景的记录，更捕捉到了跳出时代、场景框架的强烈情感，那是不朽的。

这些忠告让我思索了很多，离支教结束还剩下不到半年的时间，大量阅读他人作品是不太可能了，我只能尽量去思考几个问题的原因，将思考的结果反映在影像上。不用拘泥于场景的表现和时代特征的表达，靠近主体，捕捉情感。从今天起，每天发布一条"支教日记"话题的微博，配上当天印象最深的图片，反映支教生活的点滴。

2013 年 5 月 22 日　　　　　支教第 192 天

我总开玩笑自诩为"村霸",意在夸耀自己对新民乡的了解。其实这完全是狐假虎威,我是小"村霸"麾下的跟班而已,他们甚至知道哪个地点取景最美。

2013 年 6 月 22 日　　　　　支教第 223 天

由强子带路,今天我们去花崖沟摘野草莓。这应该是我和孩子们最后一次出行了,越发舍不得他们了。

2013 年 5 月 27 日　　　　　支教第 197 天

拍摄完这张照片后,我不断地在相机上回放着这个画面,并告诉老谷这是我支教以来拍摄最成功的照片。孩子抱着老谷依依不舍,浓浓的亲情使得画面充满张力。都说一日为师终身为父,我想这张照片是我们和孩子们感情的最好注脚。

梦回新民

回到家中，支教时的一幕幕场景总在梦中萦绕，梦见过站在古树下看那静谧的村庄交替过四季，梦见过背着六一节礼物走过的那条去花崖沟的山路，还梦见过我和老谷并肩看山脊露出的余晖透射升起的炊烟将村庄笼罩在金色的光辉下的一幕，快乐的日子就如黄昏般短暂。
　　……

2013年6月25日

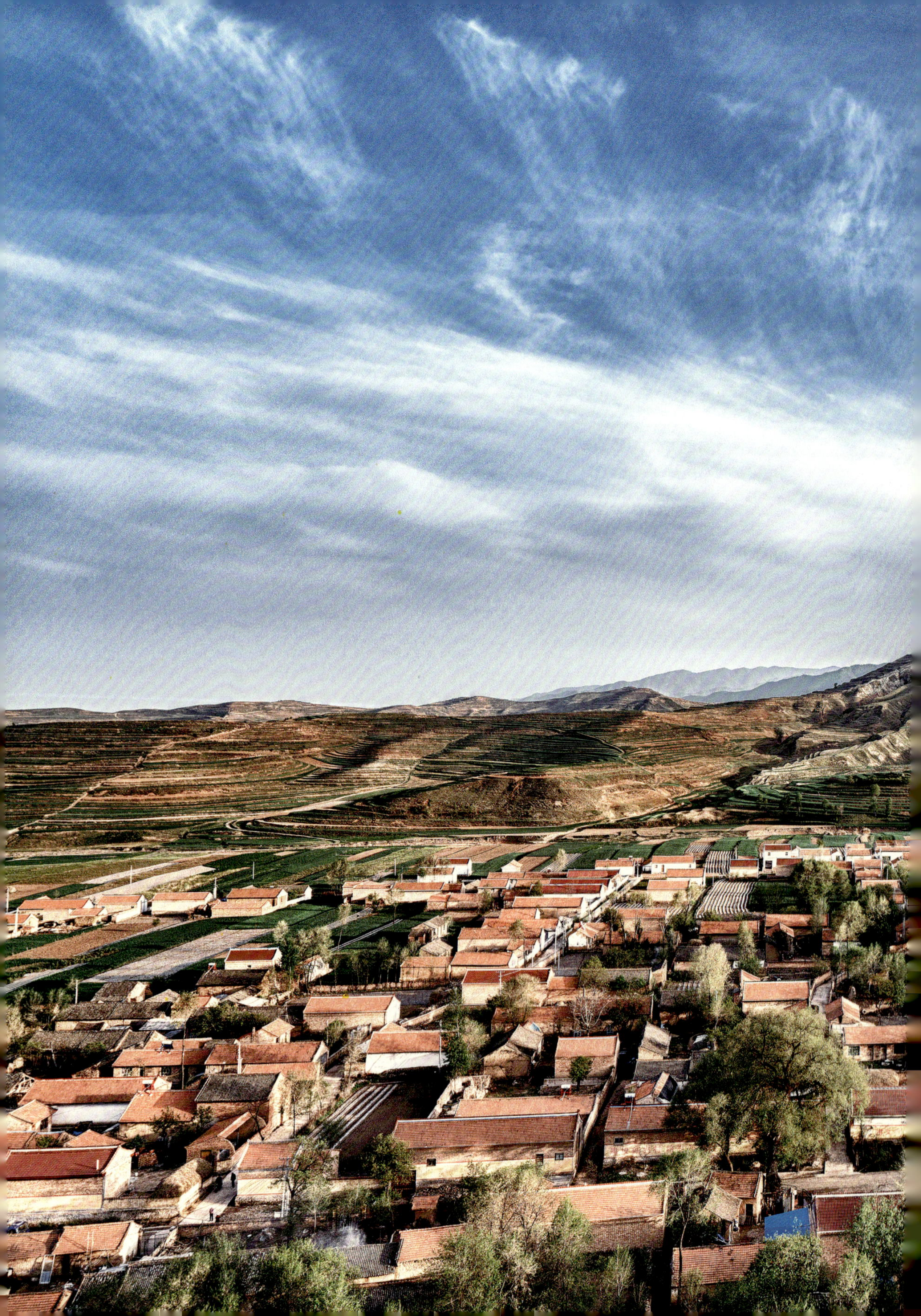

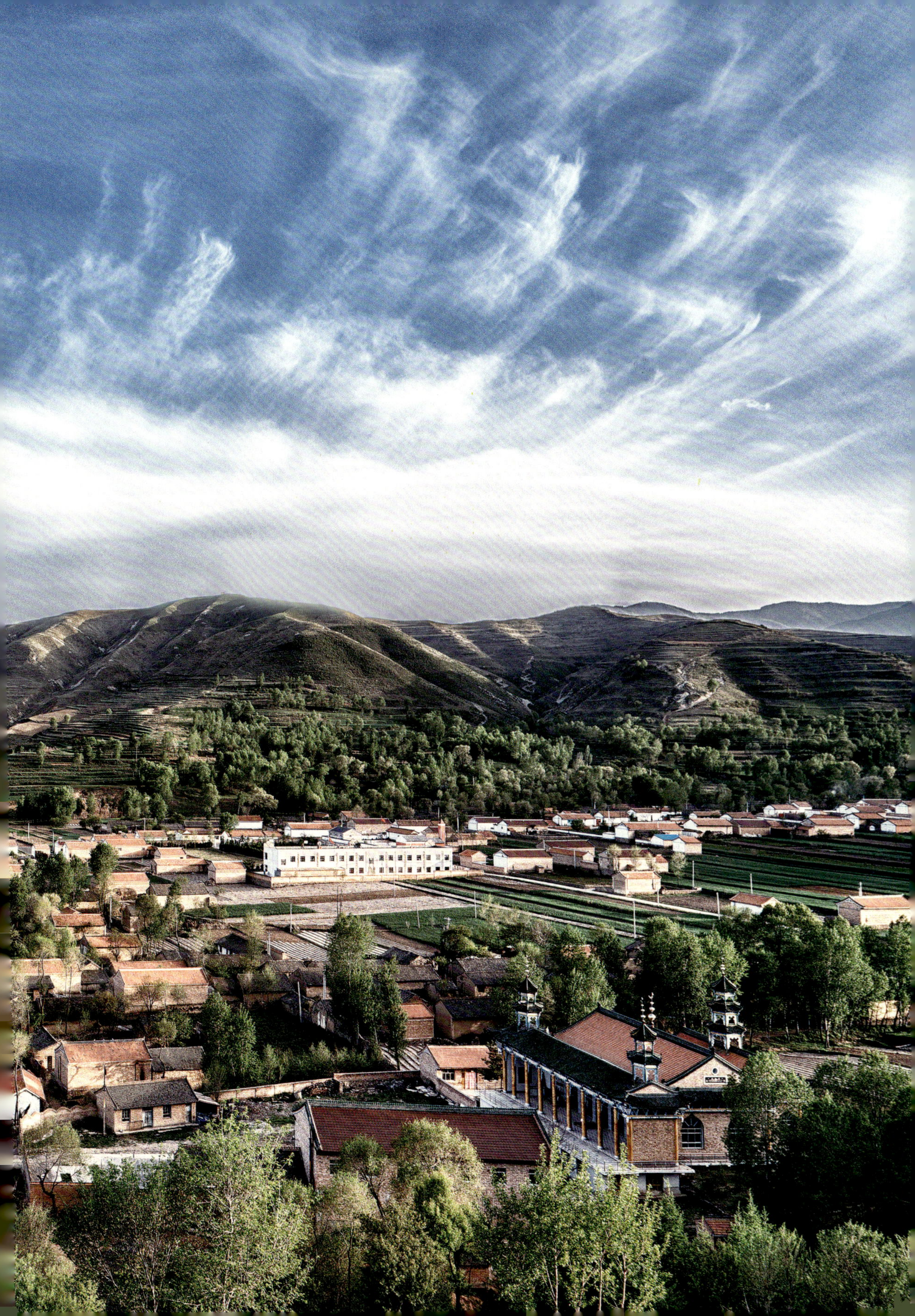

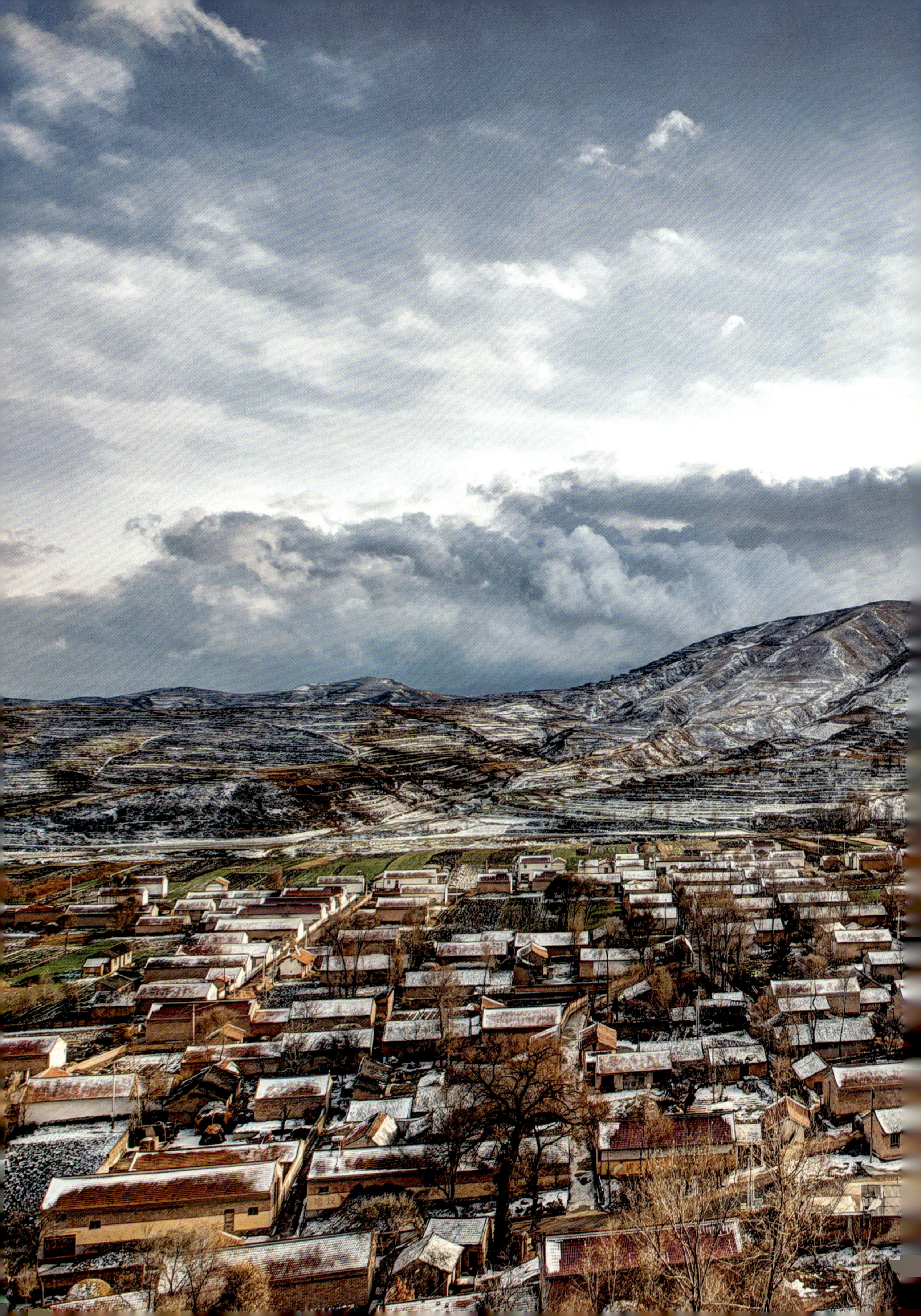

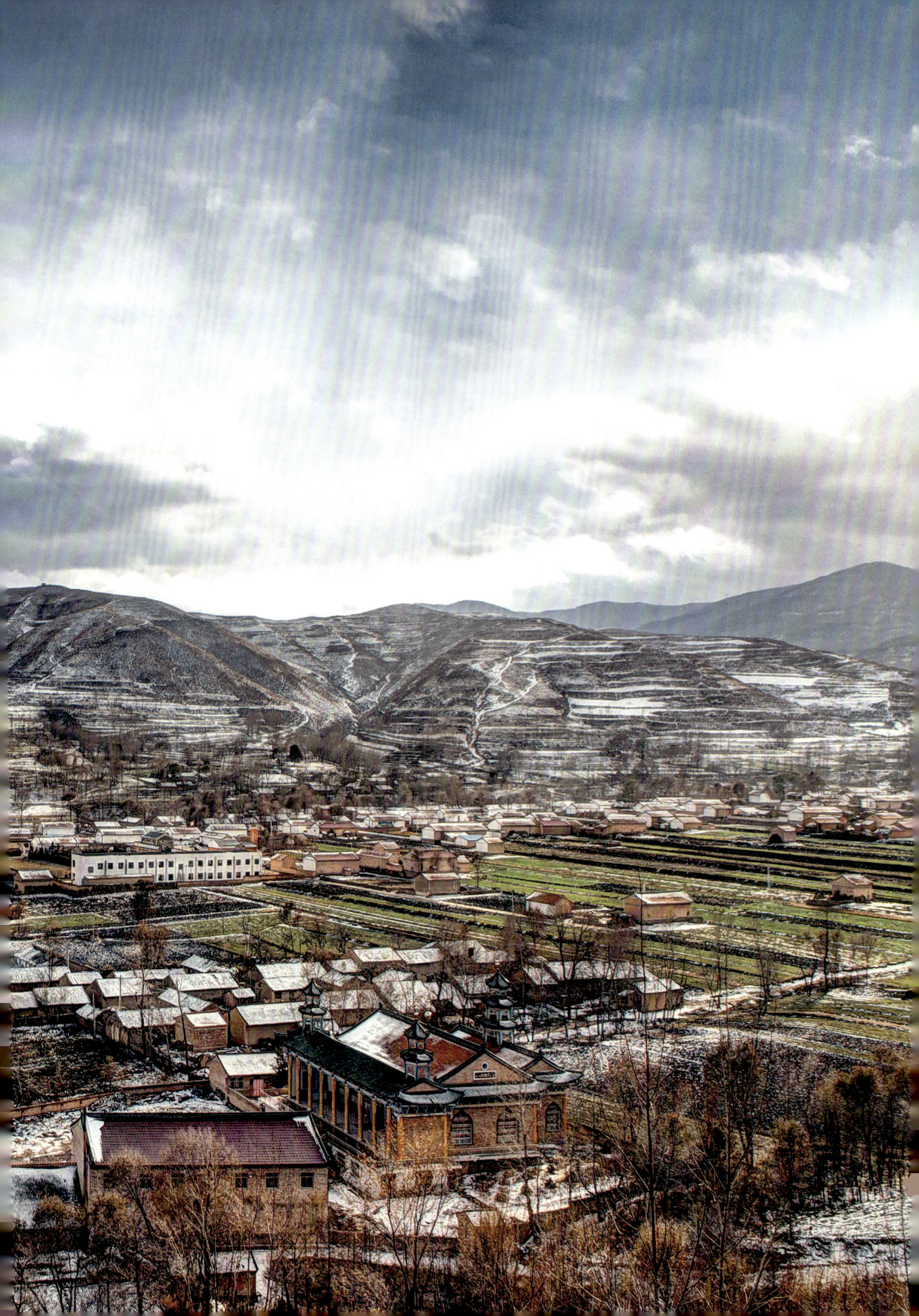

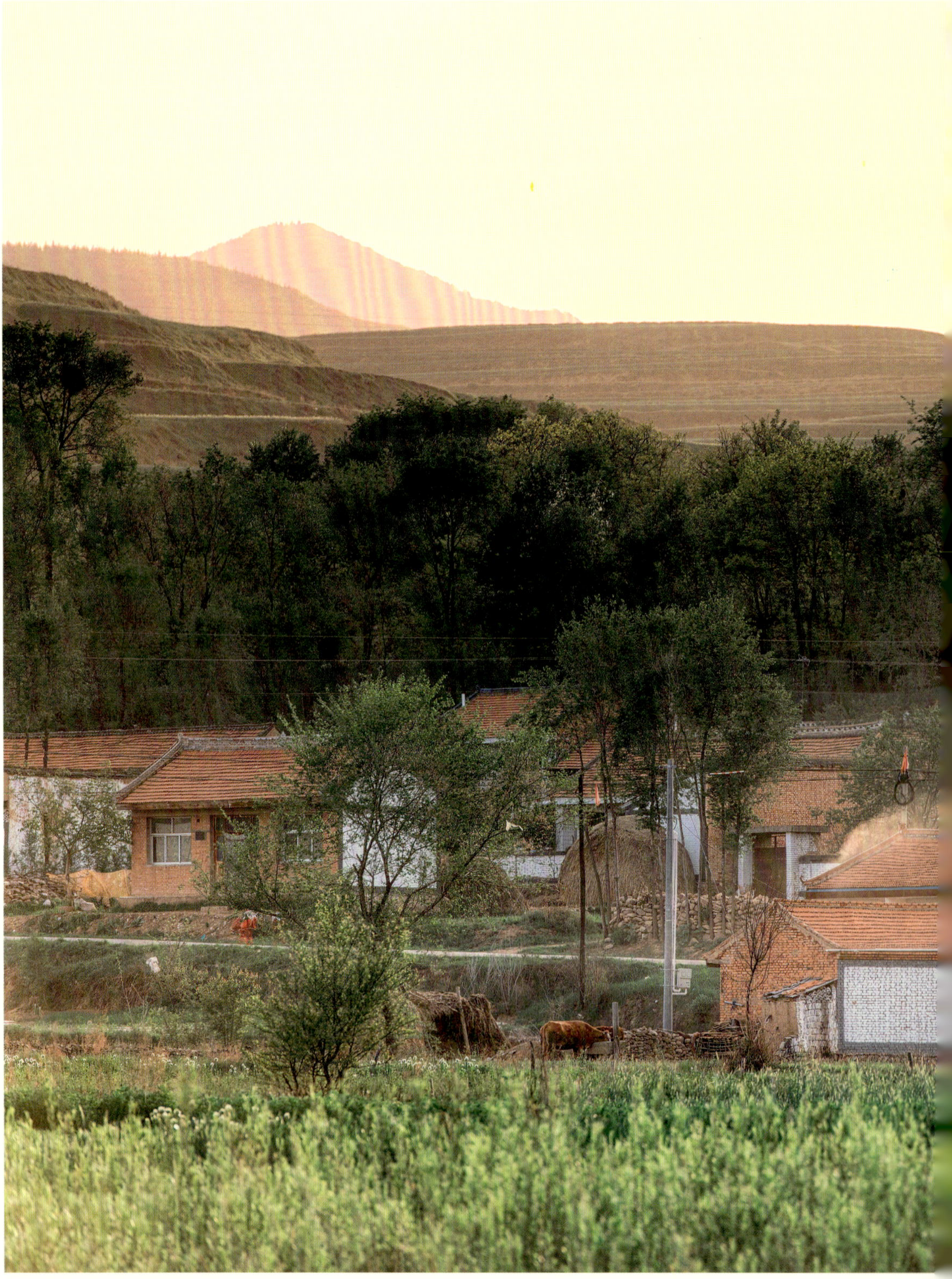

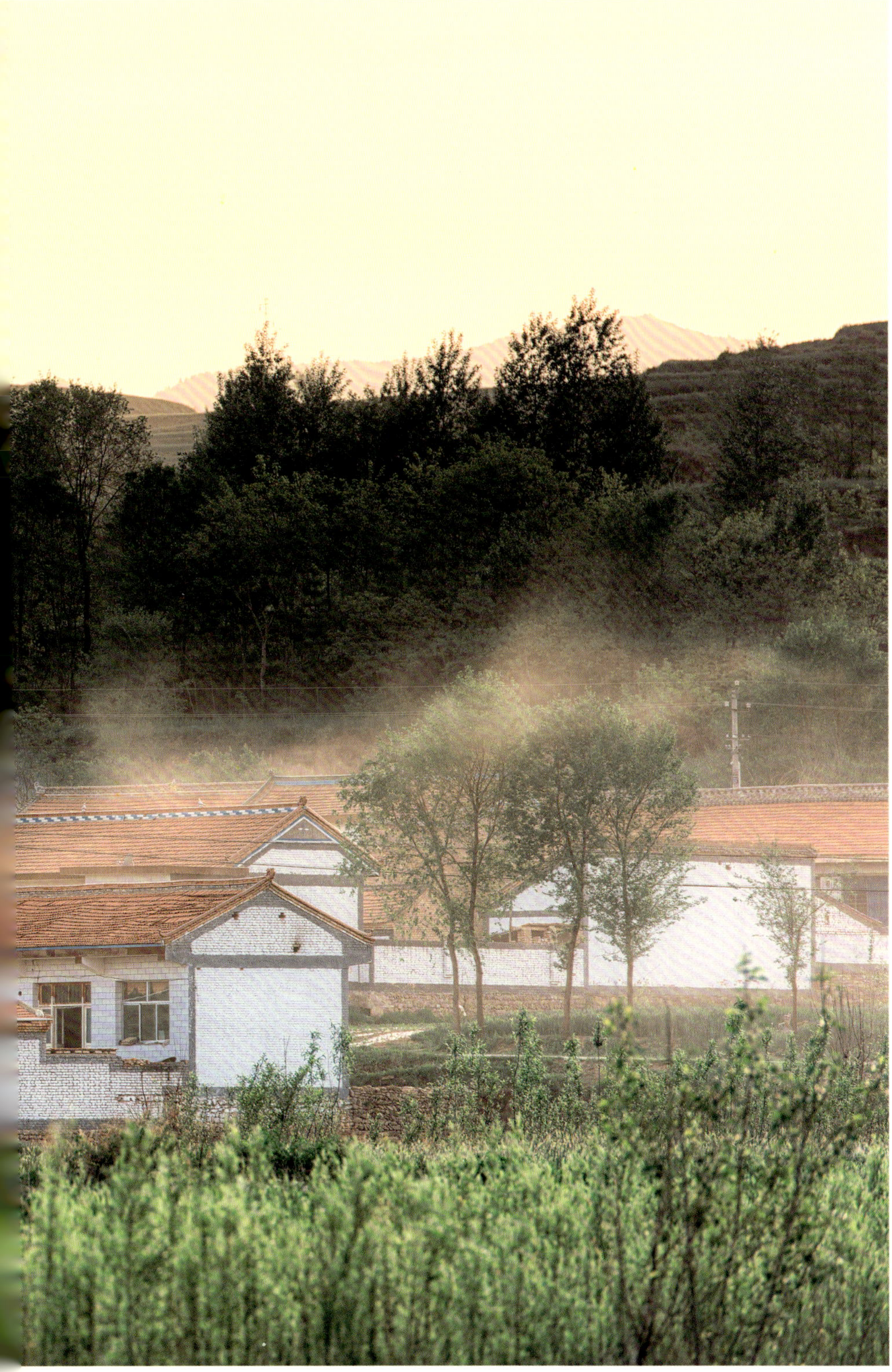

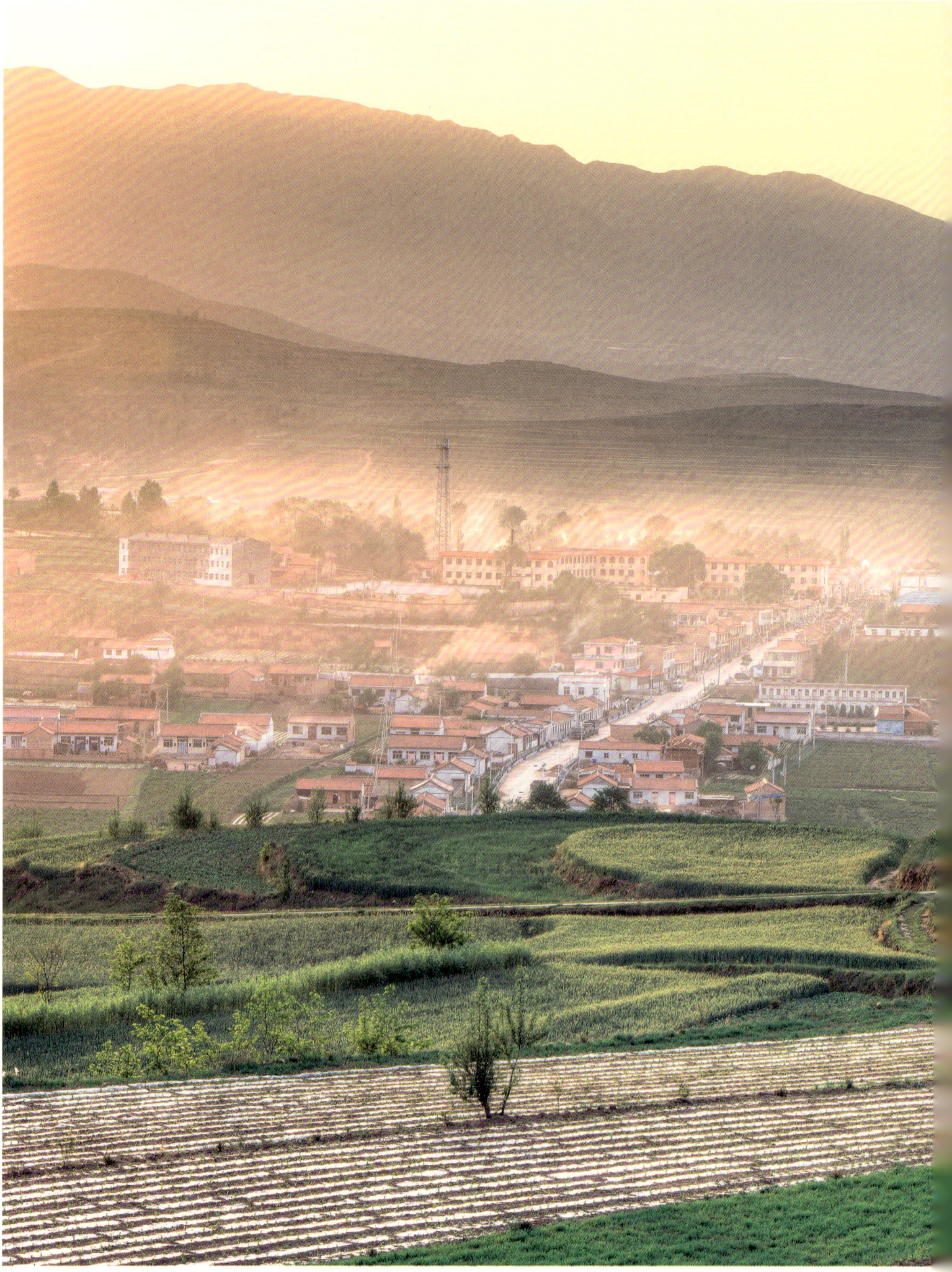

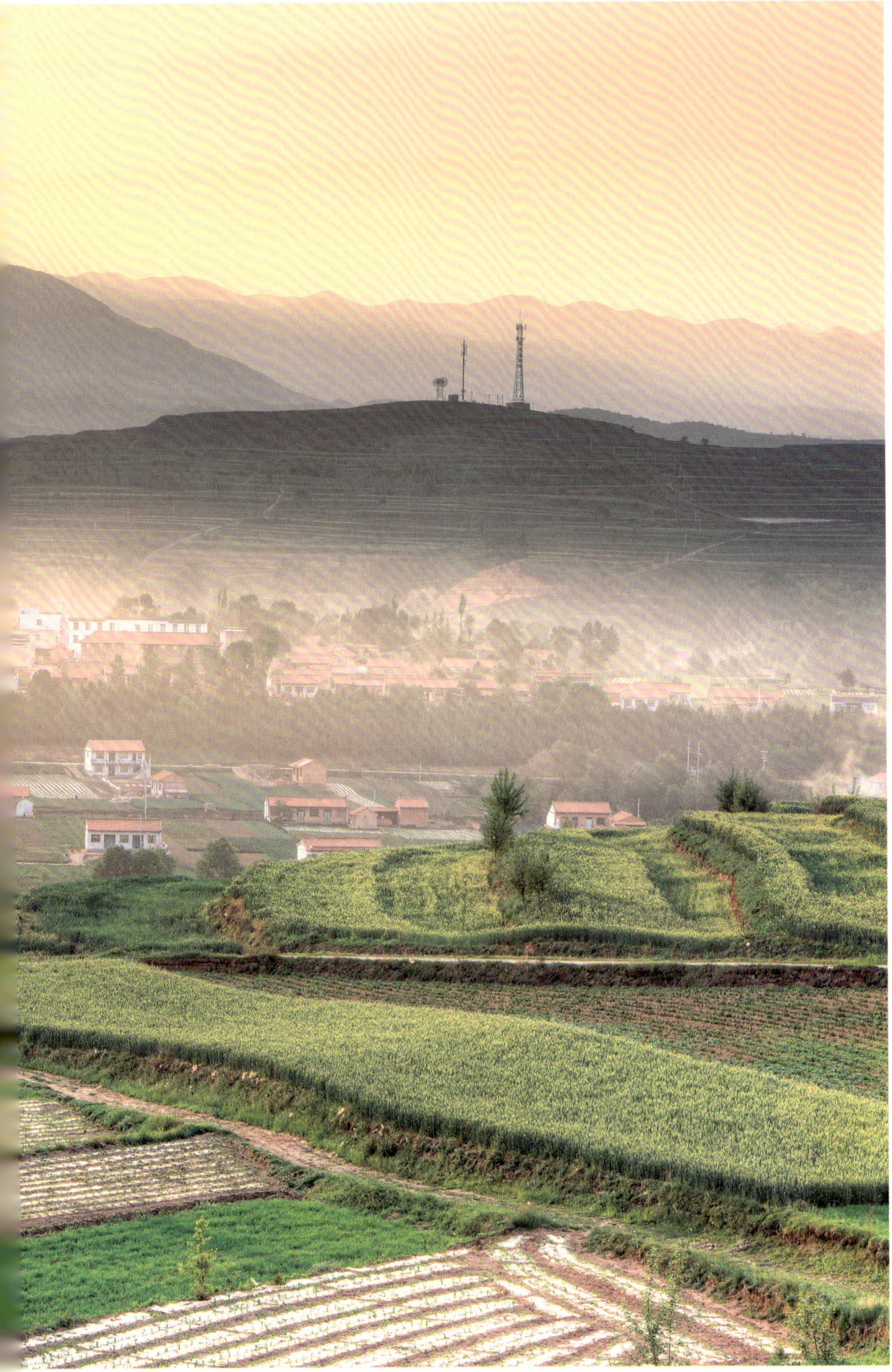

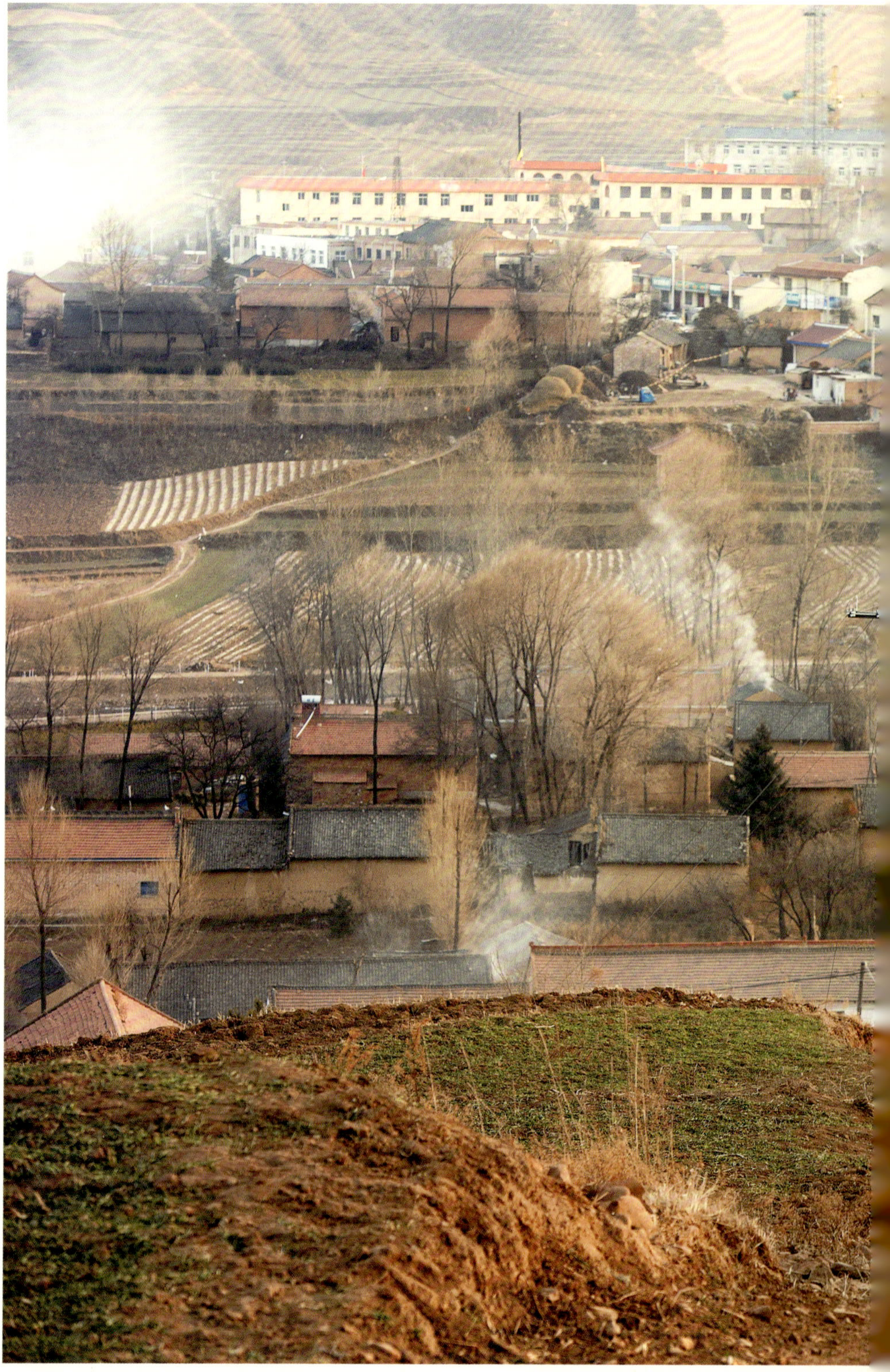

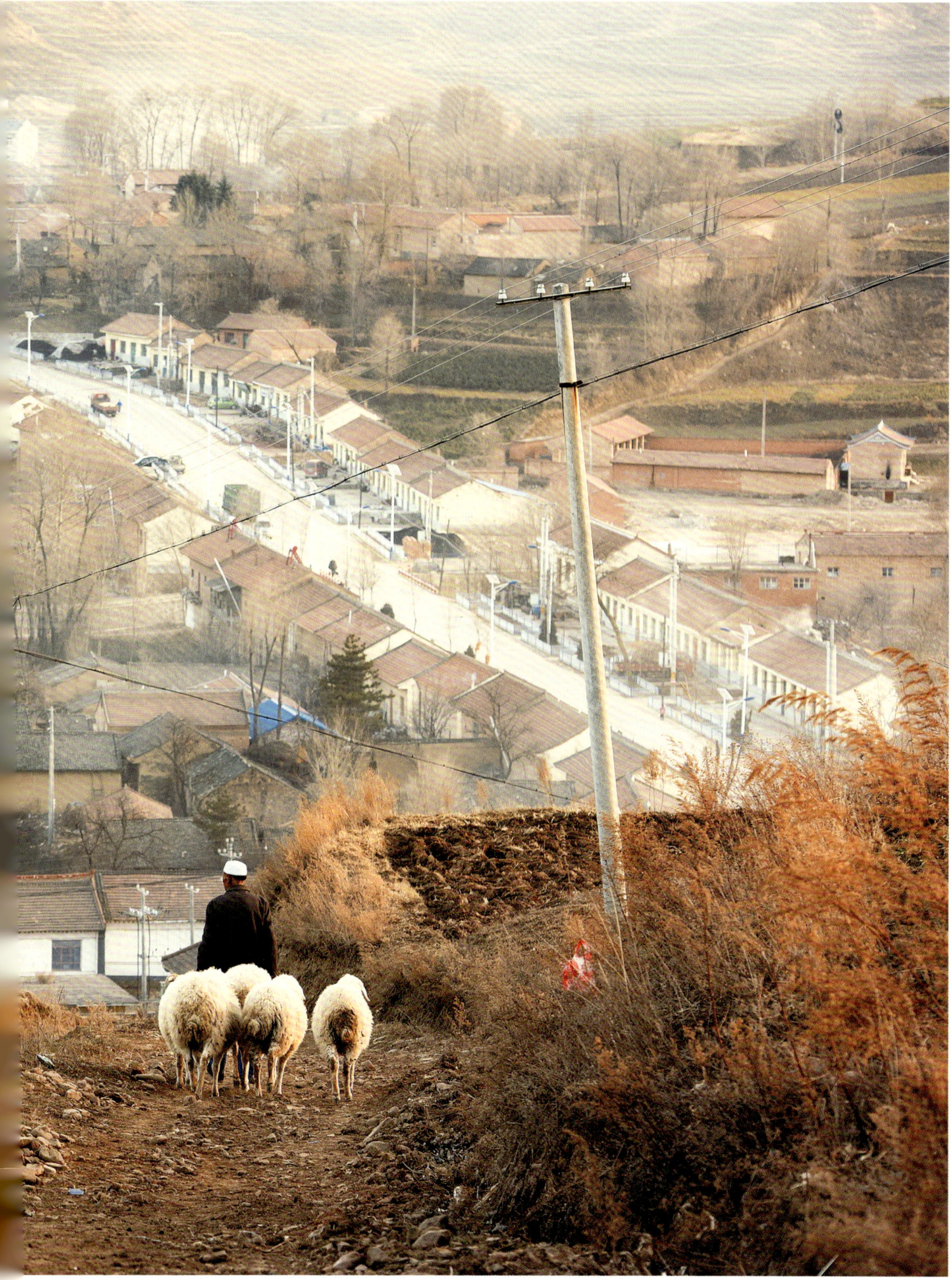

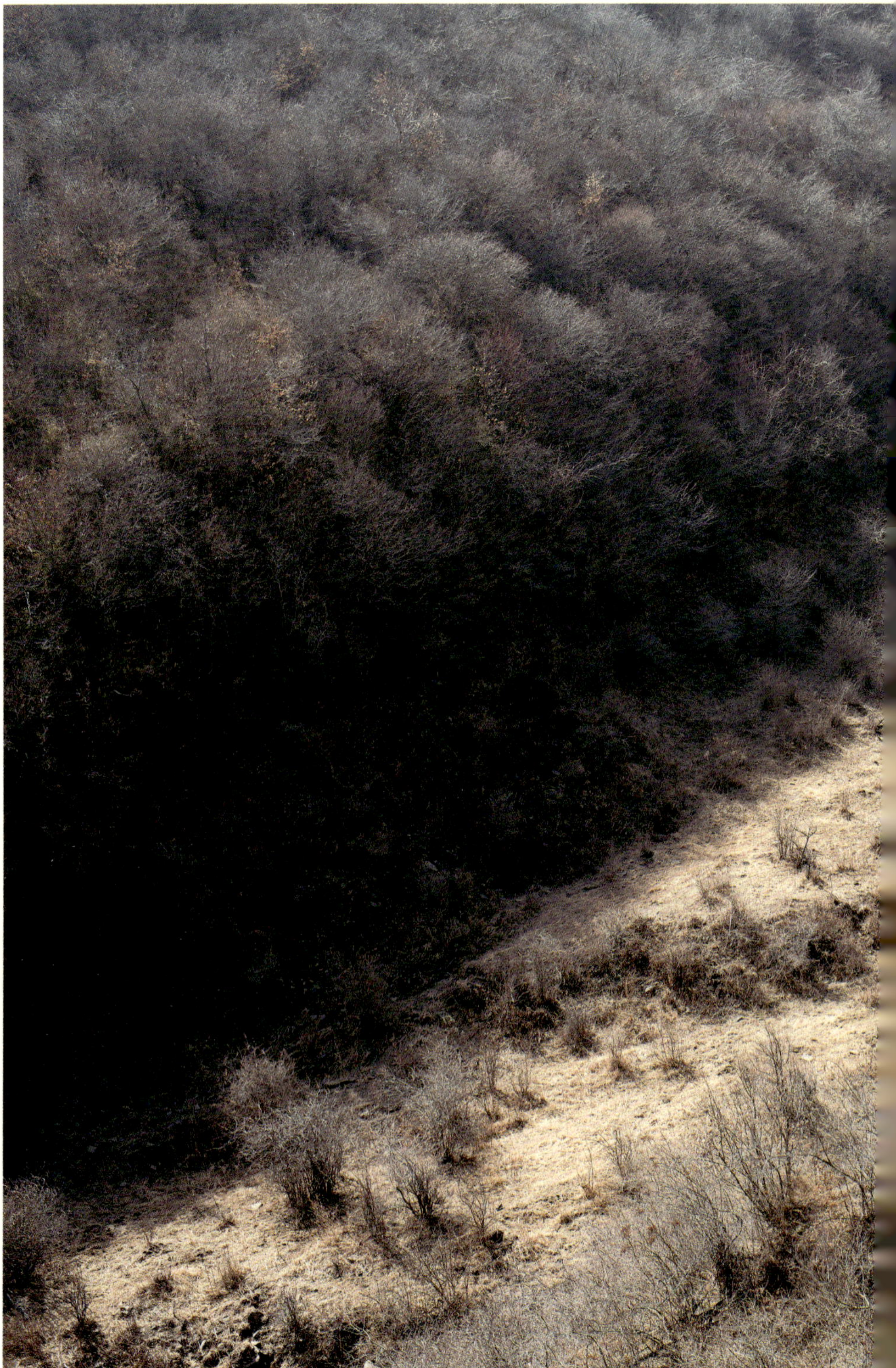

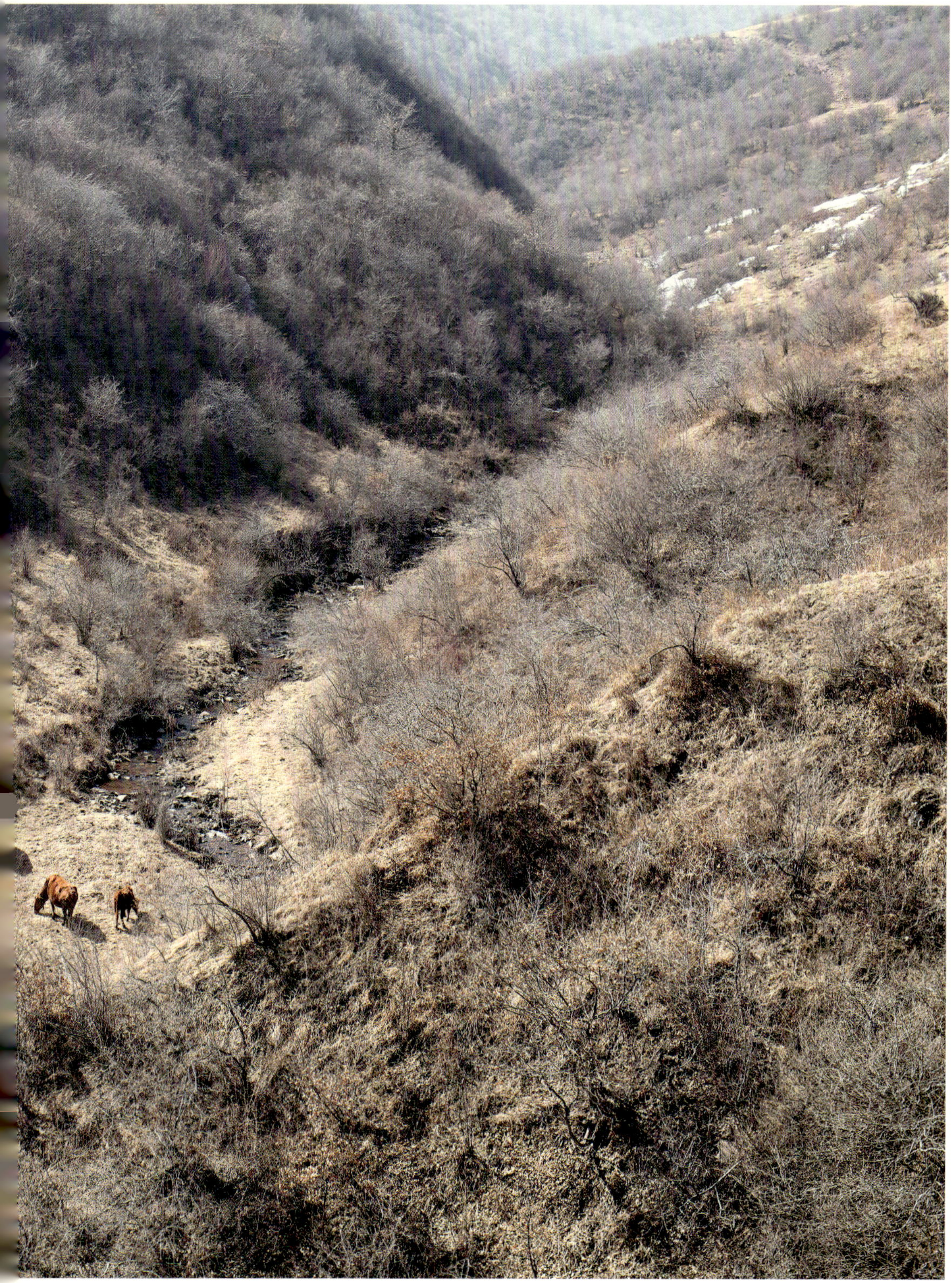

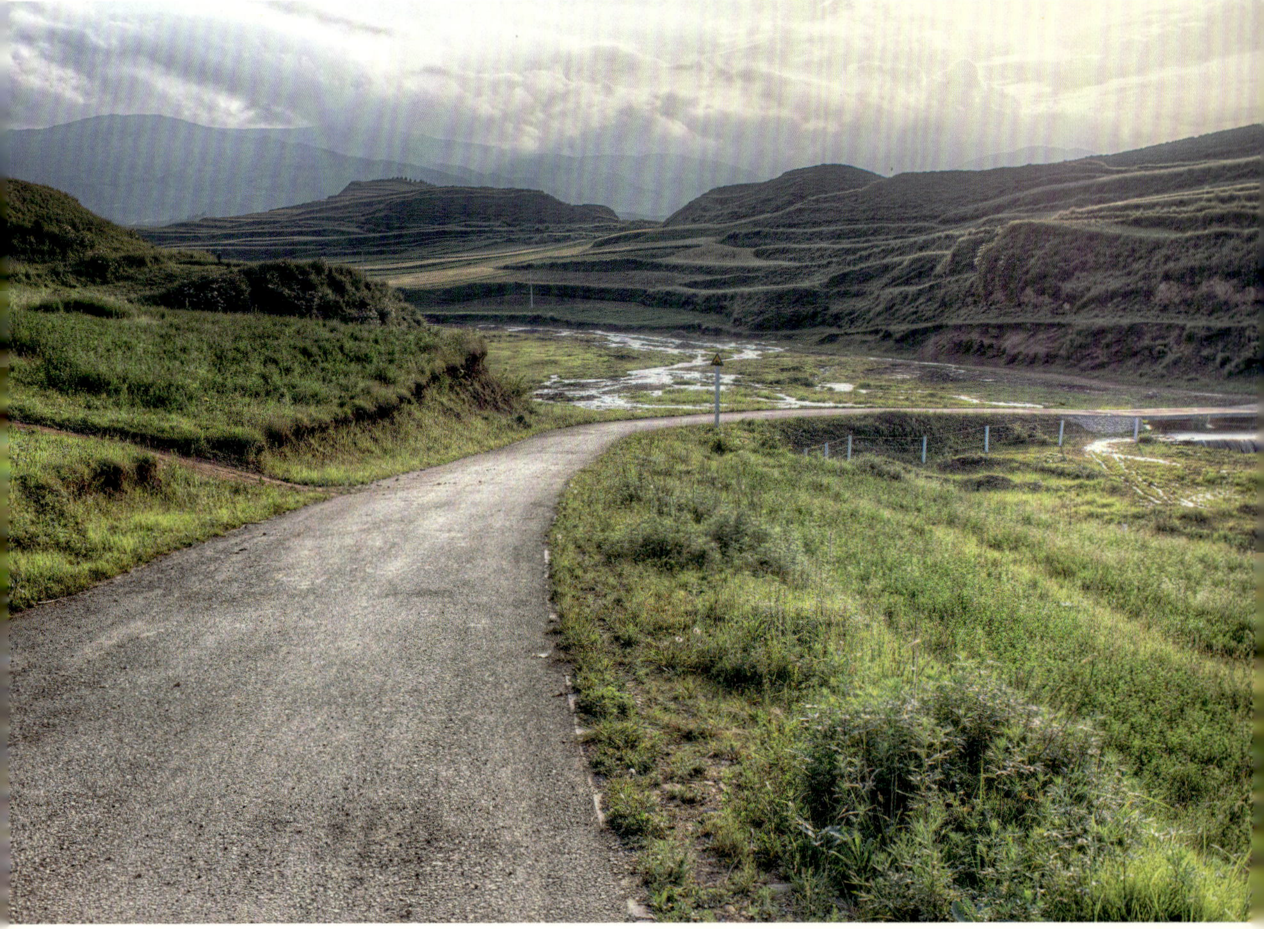

梦回新民·回新民的路

2013年6月25日　　　　　支教第226天

临走时，谷云超带着微笑，高峰忍着哭腔，我带着昨夜送行饭后宿醉的痛苦表情，努力记录下最后一天的故事。

2013年7月26日　　　　　支教结束后第31天

今天回北京，与老谷团聚，两人彻夜卧谈。依稀记得还说过这些内容：老谷说自己回来后有些迷茫，有些物是人非，我说这是咱俩在乡野生活了一年后，一时间有些难以融入快节奏的生活。我在家中也时常觉得不自在，城市的生活虽然舒适，但人流嘈杂，物欲横流，我们欲望膨胀，内心空虚不安宁，在新民乡，晚归后一串烤面筋都是莫大的满足。摒弃那些不必需的，才能听到发自内心的声音。我问老谷，新民一年我改变了什么。他说我最大的改变就是接地气了，原先与老乡说话都是有些打官腔的文绉绉的词句，后来全是土话糙话，但是很得体。带着支教团克服了不少困难，经历了这么多，也变得沉稳笃定了。我说这一年很纯粹，对农村有了一个大概的认识，拍了很多照片，走了很多地方，也办了活动对得起良心，内心很充实快乐，支教让我结交了你们这些兄弟朋友。老谷说自己对农村，尤其是新民的孩子，最开始不解，后来了解，最后理解，支教团的来去未必能改变他们，因为他们不够理解我们，但在理解他们的过程中，我们改变了。

后记

　　西部支教，是我的梦想。在我圆梦的同时，收获了许多人生宝贵的经历和情感，扼要写在这里，作为后记。

　　取得支教名额后，我就开始思索，这一年怎样才能过得圆满充实，富有意义，为自己的人生留存下经历的辙痕？我想到了自己的爱好——学习摄影有三个年头了，能否在为期一年的支教时间里用我的第三只眼睛，透视西部高原的沧桑变化，记录丰富多彩的支教生活？这个想法得到了团委雷晓锋书记的支持，在2012年7月21日的出征仪式上，他勉励我在教书的同时做生活的有心人，并提出了他的期望：用影像记录支教生活的点点滴滴。

　　这为我的支教明确了方向，成为照彻我支教征途的一盏明灯。带着期望上路，我似乎胸有朝阳，手中的相机成了我抒发情感、表达心声的利器。第一学期支教结束时，虽然拍出不少自己喜欢的作品，但我总感到影像中情感游离，好像灵魂没有到场，仅仅是完成了生活的实录。春节假期，我有幸认识了《中国青年报》摄影部的老师，他们给了我很多具体的帮助和指点，特别是提出了"农村"、"留守儿童"、"支教生活"的三个拍摄方向，这无疑是"点睛之笔胜画龙"，使我的作品实现了由驳杂到明晰的转变。我清楚地感觉到，自己的摄影创作不再信马由缰，画面也更富情感张力。

　　带着感悟拍照片的效果是不言而喻的。创作过程的构思和设计起到了升华主题的作用，从而避免了作品陷入纯自然主义的泥潭。我渐渐习惯了这样一种创作模式：先在脑海中设计好一个情景，然后选用适当的手法加以实现。为了表现一个消失的村庄，我尝试着从几个思考方向去拍摄，最终获得一些比较理想的照片。2013年6月25日支教结束，6月26日《中国青年报》以整版刊登《支教日记》摄影报道，这是对我的摄影作品的充分肯定，并由此让我萌生出结集出版的大胆想法。

　　书名中虽然有"日记"二字，但我希望读者并不囿于这两个字，而把注意力更多地集中在光和影的表达上。有时图像比文字能更直观地唤起一个人的回忆。当若干年后回看这一时期的照片，那些场景、那些人、那些欢声笑语都会浮现在眼前。在支教前期我使用黑白胶片拍摄，后期则改用数码机器。设备不同，水平参差，书中选录的照片难以形成统一的风格，这成为我选择图片时挥之不去的遗憾。书的编辑过程中，有朋友建议我将文字置于图片下方以获得更直观的阅读体验。我再三思考之后并未采纳，因为我希望读者阅读此书后，能记住一些画面，不会因急于了解故事而舍本逐末。

如果定义全书的主角，应该是学校里那些稚气未脱的孩子们。当城中的孩子在课外补习班中学习时，他们的课程大纲还无法保证落实；当城中的孩子用 iPad 上网玩游戏时，他们只能在田间地头追逐嬉戏；当城中的孩子在父母膝下怀里撒娇哭闹时，他们已经离开学校在社会上摸爬滚打了。今天，人人生而能够接受教育已经不再是梦想。但当知识唾手可得，他们却又为何选择逃离？作为一名支教老师，一名外来者，宁夏的物质发展已经颠覆了我对西部的认识，然而人们在精神上却依旧未摆脱贫瘠的现状。对这一块黄土地上的孩子和他们的父母来说，知识未必能改变命运，权力和金钱却能换来体面。尽管这样的认识难登大雅之堂，但却是谁也无法否认的现实。当我们一股脑儿地把落后归结于贫穷，高喊扶贫时，千万不要忘了，在不少地方，贫困的不仅仅是财，更是智。精神上的扶贫，更应该成为支教西部的重中之重。

能将这些图片和想法出版成册，想要感谢的人很多。首先我要感谢北航的领导和老师，感谢学校提供给我支教的机会，让我在这个平台上实现自己的梦想！感谢怀进鹏校长为本书作序，感谢程基伟书记和雷晓锋书记对本书的大力支持。还要感谢帮助策划本书的各位领导、老师以及支教团的同学们。 同时也要感谢泾源县团委和教育局以及新民九年制学校的领导和老师们，感谢他们对拍摄的理解和支持。 能完成此书的制作、出版，我得到了很多人的帮助，这里我要特别感谢大象出版社王刘纯社长的不吝赐教。王社长这位慈爱的长辈，在每一版修改的过程中都提出了中肯的意见，并为每一章标题亲笔题字，对我这个外行来说，这都是难以忘怀的鼓励和支持。还要感谢河南新海岸设计公司的李红经理、设计人员和责任编辑。当然，对于我自己来说，"一卷新出如骨血"，这本书就如同我的孩子一般，看着它从想法变为现实，充满成就感的同时也有一种幸福的疲惫。回盼身边，鬓角斑白的父母一直以深情的目光注视着我，报效国家的叮咛，服务社会的期待，儿行千里的担忧，我的每一次拔节成长都凝结了父母的心血。本书出版之际，我把自己的感激和祝福一同奉敬给操劳的双亲。

穆洋
2013 年国庆于北京